講談社文庫

猫弁と幽霊屋敷

大山淳子

講談社

目次

挿画　北極まぐ

猫弁と幽霊屋敷

登場人物

百瀬《ももせ》太郎《たろう》　通称猫弁《ねこべん》

大福《だいふく》亜子《あこ》　百瀬の婚約者

千住《せんじゅ》澄世《すみよ》　幽霊屋敷の名義人

天川《あまかわ》悠之介《ゆうのすけ》　結婚相談所会員

玉野《たまの》みゅう　声優

鈴木《すずき》晴人《はると》　手紙の宛名

一木《いちき》月美《つきみ》　ペットホテル受付

梶《かじ》佑介《ゆうすけ》　ウエイター

野呂《のろ》法男《のりお》　百瀬法律事務所の秘書

仁科《にしな》七重《ななえ》　百瀬法律事務所の事務員

正水《まさみず》直《なお》　百瀬法律事務所のバイトで浪人生

柳《やなぎ》まこと　獣医

登場動物

テヌー　百瀬と暮らすサビ猫
ゴッホ　猫嫌いの猫
ミケランジェロ　三毛の子猫
ハク　ハクビシン
シロ　スピッツ（犬）
ビイ　ラグドール（猫）
クレオパトラ　ベンガル猫

プロローグ

晴人《はると》、元気にしてる？

最近顔を見せないけど、どうしているかな？　もう見にこないの？

初めての時は一番うしろの席にいたよね。不安そうな顔できょろきょろしちゃってさ。映画館なんて入ったことないからびびっていたでしょ。

いいところだろ。映画館って。あったかいし、イスもある。雨もふらないし、風もふかない。だれも話しかけてこないし、けとばしたりしないし、変なあだ名でからかったりもしない。

トツゼン暗くなって、ぱあっとスクリーンが明るくなる。世界が変わるあのシュンカンが好きだ。晴人はぎくっとしていたな。初めてだもんな。ダイジョーブ、だれも見ていないから。みんな物語にムチューだ。晴人もムチューになっていたな。そりゃあそうさ。『猫ノオトシモノ』はまるで晴人のために作られた話だからな。ラストはなみだなみだで席を立てなかったよね。係員が困ってたぜ。

感動してくれて、こっちはうれしかったよ。

二日めは左はじのうしろから五番目の席にいた。ちょっぴり勇気を出したな。外は雨だったんだろ、服がぬれてた。前の席に座ったおじさん、ホットココアを飲んでいた。あれ、うまそうだったな。晴人はガマンした。次の日も映画を見たいもんな。金はとっておかなくちゃ。晴人ったらやっぱり最後は泣いちゃって、あの日もなかなか席を立てなかった。

映画は悲しい。始まると終わる。終わりがステキなのに、終わっちまう。で、ぱっとあたりが明るくなって、現実に戻るんだ。現実のほうはちっともステキじゃないのに。

三日めは一番前で見てた。こっちはうれしくてはりきった。はりきったっていつもの動きしかできないし、同じセリフしか言えないんだけどさ。

ぼくはいつだって晴人に向かってあのセリフを言っている。

君にはわかっているはず。

外は寒いから心配だ。凍え死ぬなよ。

金ができたらまた会いに来てくれ。待ってる。ずっと待っているから。

ゆるり

第一章　幽霊屋敷

「よっこらしょ、よっこらしょ」

仁《に》科七重《しななえ》は書類の束を運んでいる。

棚からデスクへ運び終えると、やれやれと腰を伸ばし、再び棚へ戻って書類を引っ張り出す。


ここは新宿。傾きかけたビルの一階にある百瀬《ももせ》法律事務所だ。終業時刻はとうに過ぎて、窓の外は暗い。ボスの百瀬太《た》郎《ろう》は応接室で接客中、秘書の野《の》呂《ろ》法男《のりお》はパソコンにかじりつき確定申告の作業中、そして事務員の七重は運搬中である。

「よっこらしょ、よっこらしょ」

事務所に猫の姿はない。創設以来初めての猫零日《ゼロ》だ。

厳密に言えば、応接室に一匹だけゴッホという名の茶トラがいる。猫のくせに猫嫌いで、応接室にひきこもったきり六年も出てこない。今日こそは出てきてもよさそうなものだが、ほかの猫の匂いが染み付いている場所は嫌なのだろう。

今朝までは事務所スペースに十七匹の猫がいた。

百瀬はペット訴訟の末に行き場がなくなった猫たちを次々と引き受ける。まこと動物病院を通じて里親募集をしているものの、十四前後の猫がいるのがこの事務所のスタンダードなスタイルだ。

百瀬は世間から侮蔑的に、時には敬意を持って、「猫弁」と呼ばれている。ごくたまにだがファンレターが届くようになった。「これからも猫のためにがんばってください。応援しています」などと書いてある。嫌猫派からは「猫をあまやかしすぎだ！」と抗議の電話が入る。アンチは人気のバロメーターで、それだけ知名度が上がってきたのだ。

誤解を解いておこう。百瀬は猫活動家ではない。ごく普通の町の弁護士である。猫のためにがんばっているわけではない。誰のためにもがんばっている。蛇でも犬でもカメレオンでも人でもその姿勢は変わらない。

七重に言わせれば、「ファンレターよりキャットフードをくれませんかね」なのだが、寄付の申し出があったことは皆無だ。

「寄付は労《いたわ》られる側に集まるものです。百瀬先生はヒーローですからね。施しは必要ないと世間に思われているのです」と野呂は胸を張る。

「みくびられているだけですよ」

七重は鼻で笑う。それを裏付けるように、年末になると「田舎に帰省する間あずかってほしい」と猫が持ち込まれる。七重がいれば、「ここはペットホテルじゃありません」とお帰り願うのだが、そういう輩《やから》は抜け目なく七重不在時を狙ってやってくる。そしてたいていあずけたが最後、引き取りにこないのだ。

「帰省詐欺です」と七重は毒づく。

しかし百瀬ときたら、「事情が変わったのでしょう。引き取りに来られないわけがあるのです。困ってないといいけど、心配です」などと言う。

七重は嘆く。

「お人よしの限度を超えたら逮捕するという法律が欲しいですよ！」

野呂は反論しない。そういう法律があったらいい、とひそかに願う。

このところ猫密度が高くなり、問題視した獣医の柳《やなぎ》まことが、今朝いきなりやってきて、「ドラスティックな対策が必要だ」と、十七匹を連れ去った。帝王ホテルで開催される『にんにゃんお見合いパーティー』に参加させると言うのだ。

「にんにゃん」とは「人と猫」の意だそうで、パーティーには百匹近くの猫が集まるという。その数十倍の人間が訪れる見込みで、なんと三週間にわたって人と猫の見合いが繰り広げられるのだ。二月は結婚式や謝恩会などのパーティーが少ないため、ホテルはシーズンオフ料金となり、会場が借りやすかったとまことは言った。

百瀬はその時事務所におらず、まことは「おたくのボスには話を通してある」と言うし、七重は「どうぞどうぞ」と大乗り気で、野呂は傍観するしかなかった。今まで保護猫の譲渡会に二、三匹が連れ出されることはあったが、全猫総出は初めてだ。まことは豹《ひょう》のような冷酷さで猫をつかまえては次々キャリーに放り込むので、野呂は気持ちが追いつかなかった。ついには黒猫ボコまでが豹の餌食になった。

ボコはかつて温泉旅館の看板猫だった。滞在中に心臓麻痺で亡くなった客の遺族が「不吉な黒猫を飼うとは何事だ」と旅館を訴えたため、百瀬が間に入ってボコの濡《ぬ》れ衣《ぎぬ》を晴らしたものの、「ご家族を亡くしたお客様の心情に寄り添いたい」という女将《おかみ》の意向により、この事務所で引き取ることとなった。温厚なボコはなぜか野呂のそばを離れず、野呂デスク守衛として二十四時間勤務を全うしていた。高齢猫だしもうここで看取《みと》る覚悟でいたのに。

動揺した野呂はボコをキャリーに放り込むまことに向かって「やめろ！」と叫ぶつもりが、つい「猫を根こそぎ」とおやじギャグをとばしてしまった。女ふたりはまるで無視。あっという間に猫のいない弁護士事務所になってしまった。

お見合いパーティーは古風に言えば「里親を募る会」になるのだが、今回の催しは異色で、ペット業界が協賛しているという。ペットショップ、ペットホテル、動物病院、獣医大学、ペットフードおよびペットグッズメーカー等々だ。

まことは得意気に言った。

「なんとアンバサダーは玉野《たまの》みゅう。人が集まるぞ」

七重は「みゅうってアイドル猫ですかね」と野呂にささやいた。

大宴会場を三週間占有。参加するのはペットショップで売れ残った猫たちで、見合いが成立すれば無償で譲渡されるが、すぐ横でペットフードやグッズが販売される。猫を持ち帰るためのキャリーも有料だ。猫本体以外すべて有料、しかも「やや高め」なのである。

帝王ホテルに宿泊中の客と見合いが成立した場合は、その場でシャンプー＆カットもできる。トリミングサロンも併設され、譲渡された猫は近くのペットホテルに泊まる手はずとなる。もちろん宿泊料金が発生する。

商魂たくましい催しで、季節終わりのバーゲンセールのような様相を呈するものの、殺処分ゼロを実現する流れとして、まことは「あり」だと主張した。

「野に住む猫だけでなく、ペットショップの猫も分け隔てなく保護すべき。命を救うのはまったなし。方法の是非など言ってられない」と力説する。

売り時を過ぎたペットに家族を見つける絶好の機会だとして、まこと動物病院も協賛している。新しい試みなので参加猫は多いほど効果的だからと、百瀬法律事務所の猫たちを連れて行ったのだ。

「見合いが成立しなかったら全員連れて帰る」と言うまことに、七重は「うちからは十七匹ですよ。戻す際に二十匹にしないでくださいね」と釘《くぎ》を刺した。

まことが去ったあと、猫のいない事務所を見まわして七重はつぶやいた。

「あれまあ、広々とした事務所じゃありませんか。なんかこう、みょうちくりんな気分ですね。やっぱり猫がゼロっていうのは、らしくないですよ」

野呂は「今頃言うか」と毒づきたい気持ちを抑えて、「うちの猫たちはペットショップの純血種に太刀打ちできません。純血種を格好よく見せるための賑《にぎ》やかしみたいなものでしょうから、一匹残らず戻ってきますよ」と、大きな声で自分に言い聞かせた。

というわけで、実質猫の世話係の七重の仕事がなくなり、「仕事をください」と請われて、野呂はやむなく、「書類整理をするので、ここへ運んでください」と言ってみたのだ。すると、たいして重くもない書類をさもたいへんそうに運び始めた。

「よっこらしょ、よっこらしょ」

野呂はいたたまれない。

女性である七重に力仕事をさせ、自分は男のくせに座り仕事をしている。そのことを非難されているような気がする。「よっこらしょ」が「労働格差をなくせ！」という叫びにも聞こえる。しかしそれが自分の責任かというと、「ＮＯ！」と言いたい。

七重はパソコン業務を覚えようとしない。「パソコンは男向きの道具です」とか「電磁波が母体に悪影響を与える」などと言う。育児をとうに終えて五十歳を三年も過ぎた七重がいまさら母体を持ち出すのはいかがなものかと思うが、下手なことを言うと「セクハラです」と攻撃されかねない。

野呂の推察によれば、七重はハラスメントの意味を誤解しているようだ。「ハラがたつこと全般」だと思い込んでいるようで、「パワハラ」と「セクハラ」の違いもわかっていない。

なんと昨日、ボスの百瀬に向かって「セクハラです」と言い放った。

野呂は冷や汗が出た。百瀬はというと、固まってしまった。

なにしろ百瀬は「七重さん、明日少しだけ残業していただけませんか」と言っただけなのだ。理由も立派なものだ。今応接室にいる依頼人が女性で、その女性は男性恐怖症だと紹介者から忠告されたため、七重を同席させ、依頼人を安心させたいと考えたのである。

極めて紳士的な理由であって、もし七重の都合が悪ければ「できません」と言えばいい。それをあろうことか「セクハラ」とは。

百瀬は何か言おうとして、飲み込んだ。何を飲み込んだのだろうか。とにかく七重と働くことは「飲み込む」ことなのだ。

野呂は近頃ますます腹が出てきたが、それだって「七重のせい」に違いない。言い返したい言葉がたまりにたまれば、腹も出るというものだ。

「よっこらしょ、よっこらしょ」

耳障りだ。やはりパソコンの扱いを教えてみようか。いやいや、それは危険だと思い直す。三年前、どうにか七重を説き伏せてパソコンの前に座らせたところ、たった十分でパソコンがフリーズしてしまった。妙な磁波を発しているのは七重のほうなのかもしれない。

去年の春から正水直（まさみずなお）という若いバイトが加わり、パソコンの入力作業を手伝ってくれるようになった。しかし彼女は浪人生で今まさに受験のまっただ中。今月はバイトを休んでいる。

野呂とてパソコンに精通しているわけではなく、マニュアル片手になんとかやっているわけで、七重磁波でパソコンがフリーズした時はショックのあまり野呂自身もフリーズした。そこに眠るデータの山を思い、ひたいに脂汗が浮かび、心臓は打つのをやめた（ように思えた）。ボスに泣きつくと、指一本であっという間にパソコンを復旧してくれて、ことなきを得た。

あのとき野呂は思い知った。百瀬と自分の能力の差を。

野呂は司法試験に十一回挑戦したが受からなかった。百瀬は在学中に一発で受かった。脳の作りが違うのだ。もし神がいて、「たった一日だけ別の生物にしてあげよう」と言われたら、野呂は迷わず「百瀬太郎になりたい」と答える。あの高性能な脳でもって、この世界を見つめてみたいと思うものだ。

「よっこらしょ、よっこらしょ」

野呂は耐えきれずに声をかけた。

「七重さん、もう書類はいいです」

「じゃあわたしは何をすればいいのです？」

「応接室のほうは大丈夫ですか？　そろそろ様子を見てきたほうが」

「全然大丈夫です」と七重は肩をすくめる。

「依頼人は百瀬先生と普通に話していました。わたしがいる必要なんて感じませんでしたよ。なんのための残業なんだか」

「帰りますか？」

「依頼人が帰るまでは念のために待機していてくださいと、百瀬先生に言われたんです。いつ発作が起こるかわからないからって。発作って何ですかね」

「紹介した人の話では、過呼吸になるらしく」

「カコキュー？」

「過度の不安や緊張から呼吸が異常に速くなる症状です。動悸《どうき》や痙攣《けいれん》、へたすると失神に至る場合もあります」

「おお怖い。でもその紹介者ってのが怪しくないですか」

「弁護士さんですよ」

「同業者ほど怪しいものはありません。やっかいな客だからこっちに回したんじゃないですか」

「二見《ふたみ》先生ですよ。七重さんが大好きな法律王子」

「ええっ、法律王子？」

　七重はぴょんっと飛び上がった。

　二見純《じゅん》は新橋の法曹ビルに事務所を持つ有名な弁護士である。本業はパートナー弁護士に任せ、テレビ出演に忙しい。ワイドショーに『法律王子のテレフォン法律相談』という人気コーナーを持っていて、視聴者からの電話相談にユーモアたっぷりの口調で答える。

　ルックスは都会的で高身長。キザなめがねをかけている。法廷ドラマに弁護士として登場したこともあるし、写真週刊誌に女優とのデートを激写されたりと、話題にこと欠かない。

　しかし法曹界では「ミスター・イイカゲン」と揶揄《やゆ》されている。七重は「テレビに出ている人は成功者」と思い込んでいるが、法曹界ではテレビに顔を出せば出すほど下に見られがちだ。猫弁は別格で、テレビに出ないのに、下に見られている。

「なぜ法律王子がうちに？」と七重は興味津々だ。

「依頼人は財閥系の家柄だそうで、二見先生はあのとおり野心家ですから、自分が担当したかったらしいのですが、できたら女性の弁護士を紹介してほしいと頼まれたのだそうです。二見先生は顔が広いので何人かに当たってみたそうですが、つかみどころのない依頼のようで、みな引き受けたがらないそうで」

「やっぱりやっかいな依頼人じゃないですか。あーやだやだ。二見先生の事務所にはもうひとり弁護士がいるじゃないですか。うちに一度来たことがありますよ。すごいハンサムな弁護士。タイハクオウムを飼っていて、顔はそう、エデンの東みたいな」

「ジェームズ・ディーンに似ていましたね。沢村透明《さわむらすけあき》先生。一応依頼人に会う努力はしたようです。依頼人の家の門のモニター越しで面会しましたが、ごめんなさいって断られたらしくて」

「ハンサムを門前払いですか。わたしなら半日眺めていたいですけどね、あの顔」

七重は「ハンサムは偉い」と思っているので、不思議でならない。

さきほど依頼人が来所した時、男性陣は念のためキッチンに身を隠していた。七重が出迎えて応接室へと案内した。百瀬はあとからお茶を携えて応接室へ向かった。

百瀬が入って十分ほどで七重が出てきた。それから三十分経《た》つが、動向は見えない。野呂は依頼人をちらりとも見ていない。

「どんな感じの人でしたか」

「蚊が鳴くような声で話します」

「おとなしいかたなんですね」

「お雛《ひな》さまみたいな顔で、歳《とし》はどうでしょう、未成年ではないけど、どこか子どもっぽい印象もあって」

「百瀬先生とは話せるんですね」

「百瀬先生は男のうちに入らないんじゃないですか」

野呂はうむとうなった。セクハラと言われるのと、男のうちに入らないと言われるのとどちらが傷つくだろうかと考えていると、七重はさらに言った。

「あんな薄いコートで寒くないんですかね」

応接室の前にあるお客様用ハンガーにかかっているオフホワイトのカシミヤコート。ずいぶんと小柄な女性のようだ。

「ペラッペラですよ。軽いし」と七重は言う。

上質なカシミヤほど軽いし暖かいのだ。七重はキルティング素材の安物コートを愛用しており、分厚ければ暖かいと思っている。半世紀も生きているのに、ものを知らな過ぎると、野呂は呆《あき》れた。

事務所の電話が鳴った。野呂より先に七重の手が出た。

「はいはーい。どなた？」

野呂はつくづく嫌になる。まずは事務所名を名乗るべきだ。教えても教えてもこれだ。すぐにでも代わりたいが、暇な七重は受話器を離そうとしない。

「どうしたの？」

七重は急に声を潜めた。

「かあさんだなんて、何を改まって。あらやだ、泣いてるの？　研二《けんじ》よね。研二でしょ？　あんた今朝わたしのことオバハンって呼んだじゃないの。反省したのね。泣くのはおやめ。子どもじゃないんだから。声が変よ。風邪引いたの？　なんだって、痴漢？」

七重は顔を真っ赤にして叫んだ。

「あんた、痴漢したって？　電車で！　出来心で！　痴漢？　この馬鹿もんが！」

七重は再び声を潜めた。

「それで？　お金？　三百万あれば許してくれるって？」

野呂は気づいた。特殊詐欺の手口だ。代わろうとしたが、七重に手をぴしゃりと払われた。

「今どこにいる？　新大久保駅？　よしわかった」

七重は野呂に向かって、「一一〇番に通報！」と叫び、再び話を続けた。

「今からおまわりさんをそっちへ向かわせる。いいかい、逃げるんじゃないよ。お金で解決なんてもってのほかだ。やったことはきっちりつぐないなさい。待ってなさい。パトカーに乗れるんだよ。子どもの頃好きだったろ？　あら？　どうしたの、研二！　研二！　研二ー！」

七重は野呂を見た。

「切れちゃいました」

野呂は「お見事」とつぶやいた。


「少し自信がつきました」と千住澄世《せんじゅすみよ》はささやいた。

百瀬は「自信？　自信がついたんですか？」と聞き返す。依頼人の声が極端に小さいので正しく聞き取れているか毎度確認しなければならない。話が進まない。

「はい。男の人と話すことができるのはわたしにとって……」

声が小さ過ぎて語尾はまるで掃除機に吸い取られるように消えてしまう。

「快挙、ですか？」と尋ねた。

澄世は何か言おうとして、微笑《ほほえ》んだ。違っていたが、奥ゆかしく飲み込むことにしたらしい。

本日の依頼人は二見弁護士の紹介で、日時もすべて二見が間に入って決めた。二見も直接会ったことはないという。

小柄で肌の色は透けるように白く、黒髪はサラサラのおかっぱで、化粧っ気はなく、一重で黒目がちのまなざしが印象的で、深みのある紺色のワンピースに身を包んでいる。装飾品は身につけておらず、ものごしに気品があり、皇族的で、おっとりとしている。

出迎えから応接室までの案内は七重にやってもらった。百瀬はあとからそっと入室した。澄世はすでに椅子に座っており、本棚の上のゴッホを熱心に見つめていた。

ゴッホはいつも客が来ると本棚の上に登り、こちらに背を向けて尻尾を垂らす、あるいは振り続けて、客に対して「いるがよい」か「早めにお帰り願いたい」と意思を示すが、本日はぶどうのような丸い目を見開き、澄世を見下ろしていた。

ゴッホはオスだ。男である。百瀬は不安を覚えた。

澄世が「……」とささやいた。何と言ったかは聞き取れなかったが、猫の聴覚にはじゅうぶんだったようで、ゴッホはするりと本棚を降り、なんと澄世の膝の上に乗った。

百瀬は驚いた。ゴッホが自ら人に近づくことはまずない。獣医のまことでさえ、手こずっている。なのに澄世とは一瞬で心が通じたようだ。

百瀬は縁談成立の瞬間に立ち会ったような感動を覚えた。婚約者の大福亜子《だいふくあこ》は結婚相談所に勤めている。この瞬間を生きがいに日々がんばっているのだろう。

気難しいゴッホが人に抱かれてゴロゴロと喉を鳴らしている。胸が熱くなり、依頼人に挨拶するのも忘れて、「ゴッホ、よかったな」とつぶやいた。

すると澄世はやっと百瀬に気づき、一瞬顔をこわばらせたが、ゴッホがふにーっと甘い声を発すると、表情が柔らかくなった。そして百瀬の目を見ずに「はじめまして」と会釈をした。か細いが耳に残る独特の声質だ。

ゴッホのおかげかどうかわからぬが、百瀬が挨拶をし名刺を渡して正面に座っても、呼吸は安定していた。むしろ七重が問題であった。

「あなた声が小さ過ぎますよ」と注意した。

「もっと大きい声でハキハキしゃべらないと損をしますよ」とつけつけ言う。

澄世は驚いたような顔をして、何かつぶやいた。七重は顔を寄せて、「えっ？　えっ？」としつこく問い返した挙げ句、「深呼吸するといいですよ。腹式呼吸で声を出すのです。ほら、やってごらんなさい」と迫った。

だから七重には出て行ってもらった。

さて、依頼人の声が小さいのと、復唱しながらの会話で、本題はこれからであった。

「…………、…………、…………、…………」

「幽霊屋敷？」

澄世はうなずく。

途中聞こえないところを想像で補うと、話はおおよそ次のようであった。

「突然電話がかかってきました。新宿区役所からです。幽霊屋敷の件で相談があると言うのですぐに電話を切りました。男性の声でした。呼吸が荒くなってしまったのです。それに、新宿は縁のない場所ですし、犯罪の匂いがしましたので、それ以降、その電話番号からかかってくると、取らないようにしておりました。すると封筒が届いたのです。新宿区役所からです。わたし名義の土地建物が近隣で問題になっているというのです」

澄世は上質な黒いハンドバッグから文書を取り出して百瀬に渡した。

新宿区長の承認印が押されている正式な文書である。

長年放置されている一軒家があり、庭は木や草が生い茂り、家屋は荒れ果てている。倒壊の恐れがあり、近隣住民が問題視している。一年前にSNSで「幽霊屋敷」と紹介されてからは、心霊スポットとなり、よそから来た若者たちが肝試しに入ったり、ボヤ騒ぎを起こすこともあった。町内会有志のパトロールで収まり、もとの静けさを取り戻しているが、深夜に黒い人影が屋敷を出入りしているという目撃情報が寄せられている。一日中電気はつかず、ガスや水道のメーターも動いていない。室内はどうなっているのか、持ち主に断りなく入るわけにもいかず、町内では「どうにかしてくれ」という声が強くなった。危険な組織のアジトになっているのではないか。死体が隠されているのではないか。安心して眠れないという声も上がり、なかには「地縛霊が災いを起こす」と祈禱《きとう》師を呼ぶ住民もいる。このままでは風評被害で近隣の不動産価格が下がってしまうと住民たちが危惧している。

町内会長が署名を集めて区に直訴した。区としても以前からこういった空き家を問題視しており、空き家対策特別措置法により、持ち主を特定して処分を促し、有効な土地活用に結びつけたいと考えている。

ぜひ、貴殿の不動産について話し合う機会を持ちたい。

文書の内容は以上であった。

百瀬は尋ねた。

「千住さんは当該物件をどうしたいとお考えですか？」

澄世はきょとんとしている。百瀬はふたたび尋ねる。

「幽霊屋敷をどうしますか？」

首を傾けている。ノープランのようだ。

「幽霊屋敷は千住澄世さん名義で間違いありませんか？」

「たぶん……」

「たぶん？」

「新宿区役所さん……、……」

百瀬は耳を疑った。

「区役所がそう言ってるのですから、たぶんそうなんじゃないでしょうか」と言ったようだ。まるでひとごとである。権利書や登記簿の写しの有無を尋ねても無駄だろう。

区役所は登記簿により千住澄世にたどり着いたのだろうから、彼女の言い分は正しい。区役所の言う通り、なのだろう。

その後時間をかけて少しずつ聞き出す。聞き取れずに問い直す部分を省略すると、次のような会話となった。

「父はいくつか不動産を持っていたようで、亡くなる前に名義変更をしたのでしょう。わたしのぶんもあっただろうし、おそらく幽霊屋敷はそのひとつでしょう」

「このほかに持っている土地や建物はありますか？」

「さあ」

「今どちらにお住まいですか？」

「武蔵野《むさしの》市の御殿山です」

「井の頭《いのかしら》公園の近くですね。いつからそちらに？」

「子どもの頃から」

「同居されているかたは？」

「ずっと母と暮らしてきました」

「ではお住まいの家はお母様名義ですか」

「……さあ」

「お母様に伺えばわかりますか」

「母は去年亡くなりました」

耳が慣れてきてかなり聞き取れるようになった。

固定資産税は口座引き落としで払える。親がお膳立てしてしまえば、自覚のないま不動産を所有し続けるということもあるだろうと百瀬は考えた。

それにしても、自分が持っている財産に無頓着だ。こういう事態になっても、幽霊屋敷を一度も見たことがないと言う。新宿に来たのは今日が初めてだそうだ。

「区役所との話し合いをすべてお願いしたい」というのが彼女の意向だ。

依頼というものはたいてい「これこれこういうふうにしたい」と希望が示される。しかし彼女は「人と会うのが苦手だから代わりに話し合ってほしい」とのことで、内容はからっぽである。幽霊のようにつかみどころがない依頼だ。

屋敷をどうしたいのか。ここはどうしても本人に確認しておかねばならない。

「特措法により幽霊屋敷が特定空き家に認定されれば、固定資産税が六倍に跳ね上がってしまいます」

澄世は神妙にうなずきながら、百瀬の説明に耳を傾けている。

「建物を解体するとか、人に貸す、手放すなどして、有効活用するほうが、区にとっても千住さんにとってもよいと思いますが」

そこまで話して百瀬は気づいた。

澄世の目線が下がり、少ない口数がさらに減っている。他人と対面するのは久しぶりなのだろう。勇気を出して未知の新宿まで来て、ありえないほど黄色いドアを開けて入って来てくれた。そして男である百瀬とこうして向き合っている。外出自体、勇気の要ることだろう。本日は女性が運転するハイヤーを利用している。念には念を入れて男性を避けているのだ。

ゴッホのおかげか呼吸は落ち着いているが、過度の緊張が続いているようだ。そろそろ切り上げたほうがいいと判断し、百瀬は言った。

「あとはわたしにお任せください」

澄世はふっと顔を上げた。とたん、瞳が潤んで涙がひとすじ流れた。バッグからハンカチを出して目もとを押さえ、あとはもう普通の顔でうなずいた。すばやく感情を回収する様は見事で、痛々しい。

百瀬は場を和らげるため、「ハンカチの刺繍《ししゅう》、素敵ですね」と言ってみた。

澄世は恥ずかしそうに微笑み、手を引っ込めた。

正水直は前を向いてまっすぐに歩く。吐く息が白い。

これから入学試験。いざ参る！

睡眠はたっぷりとれた。七時に起きて朝ごはんをしっかり食べ、亜子が届けてくれた必勝弁当をリュックに入れ、受験票を確認し、準備万全アパートの部屋を出た。歩くほどにエネルギーがみなぎる体質なので、徒歩で会場に行くつもりだったが、亜子に釘を刺された。

「万が一にも迷ったらいけない。電車で早めに着いて会場の雰囲気に馴染《なじ》んでおくこと。単語帳とか年表を見直していればだんだん落ち着いてくるから」

亜子のアドバイスに従ってちゃんと電車を使った。

ただし、会場最寄り駅のひとつ手前で降りた。直は歩きたいのだ。歩くと頭が冴《さ》えるのだ。体調は絶好調、ほどよい緊張感。北風が頬を吹き過ぎてゆく。

向かい風は好きだ。立ち向かってゆく気分を盛り上げてくれる。

去年、入学金振り込め詐欺にまんまとひっかかり、東京に出てきた。早稲田《わせだ》大学法学部に受かったと信じ込んでしまい、合格していた故郷の大学の入学手続きをしなかったため、詐欺と気づいた時は万事休す。浪人するはめになった。

偶然出会った赤坂春美《あかさかはるみ》と大福亜子に助けられ、亜子の婚約者の百瀬弁護士が奔走してくれて、だまし取られた金は取り戻せた。それから一年間、百瀬と亜子が住む春美荘で受験勉強をした。アパート代は免除され、百瀬の事務所でバイトさせてもらい、詐欺犯が罪滅ぼしに家庭教師をしてくれて、偏差値は着実に上がった。

高校生の時は自分の身を守るために法律を学びたかった。今は「百瀬先生みたいに人を救える弁護士になりたい」という夢に変わった。

本日受けるのは確実に入れそうな大学の法学部。模試ではA判定だったし、大きなミスをしなければ入れるはず。一週間後に早稲田大学法学部受験を控えている。こちらは詐欺のリベンジで、記念受験みたいなものだ。おそらく合格は無理だが、やはりチャレンジしたい。

詐欺犯は早稲田大学の学生なので傾向と対策をばっちり指南してくれた。彼はシニカルなので、「君に早稲田は無理だけど、君以外の受験者の多くが腹でも壊せば補欠にひっかかるかもしれない」と言う。直は彼の判断を「まったく正しい」と思う。受けるのは二校だけ。受験料がバカにならないので、これ以上の贅沢《ぜいたく》はできない。

今日が本命だと思って力を尽くすつもりだ。会場までまっすぐな道が続く。迷いようがない。未来のようにまっすぐだ。春から通う道だ。あと二十分ほどで到着するはず。腕時計を見る。うん、余裕だ。

前方に見える道路沿いの公園に、老夫婦の姿があった。

奥さんらしき人がベンチに座り、旦那さんらしき人がカメラを向けている。愛妻の写真を撮っているのだろう。

都心の殺風景な公園なのに、ふたりがいるだけでほほえましい光景になる。緊張していた直の頬もゆるむ。旦那さんが手にしているのは古そうな一眼レフカメラだ。直の父が昔使っていたライカのカメラに似ている。

太った男が公園に駆け込み、老夫婦に話しかけた。男は困っているようで、あせったように手を振り回しながら話し、老夫婦は真剣に聞いている。三人は家族なのだろうか。

白髪の旦那さんはカメラをベンチに置き、周囲を見回した。奥さんのほうは立ち上がり、ベンチから離れて周囲を見回している。

すると太った男はベンチに置いてあるカメラを肩にかけ、すたすたとこちらへ向かって歩き始めた。すれ違う時、鼻歌が聞こえた。

直は公園に差し掛かった。何かを必死で捜している様子の老夫婦が気になり、声をかけた。

「どうかしましたか？」

老婦人は困ったような顔で答えた。

「子どもがいなくなってしまったんですって」

「子ども？」

すると旦那さんが言う。

「五歳の男の子だそうです。お嬢さん、見なかったかね？　おとうさんがひどく心配していて。気の毒だからわたしらも捜しているんだよ」

そこまで言うと、旦那さんはあれっという顔をした。男の姿が見えないからだ。

「さっき話していた人、知り合いじゃないんですか？」

「いや、知らない人だ。子どもが迷子になったって、困っていらした。遠くへ捜しに行ったのかな」

「カメラは？」

旦那さんはベンチを見て「あ」とつぶやいた。

直は「カメラ泥棒だ」と確信した。

太った男が去った方を見ると、まだ後ろ姿が見える。余裕で歩いている。相手が老人だと思って、甘く見ているんだ。直は短距離走に自信がない。しかし荷物さえなければ追いつけると見た。

「カメラ取り返してきます。これ見ていてくれませんか」

直はリュックをベンチに置き、ダッシュした。

履き慣れたスニーカーが軽快に道路を蹴る。みるみる男の背中が近づいてきた。まさに追いつくというところで気づかれ、男も走り出す。

直は無言で走った。走りに走った。本気で走った。

去年を思い出していた。振り込め詐欺だとわかった直後に路上でリュックを盗まれた。そのリュックには東京で暮らすためのすべてが入っていた。頭が真っ白になり、路上でうずくまった。どれくらいそうしていたのか記憶が飛んでいる。

目の前にタクシーが停《と》まり、降りてきた女性に、「これ、あなたのでしょ」とリュックを渡された時、ほっとすると同時に、やっと「盗まれたのだ」と理解し、頭を殴られたような衝撃を受けた。リュックの中身は当座の生活費と新しいスニーカー、古い電子辞書、タオル、下着。すべて貨幣価値にしたらたいしたものではないが、直にとっては「明日」であった。大学への夢も含めて自分の内臓をごっそり抜かれたような気分になり、恐怖で震えた。真の安堵《あんど》はあとからじわじわとやってきた。

自分は運が良かった。黄色いドアを開けることができた。そこには愛があり、そこから明日が始まった。自分も人のために力を尽くしたい。今は、老夫婦の思い出が詰まっているであろうカメラを取り返す。それが自分にできることだ。

頭の隅に、受験がよぎった。大丈夫。自分に言い聞かせる。とっとと追いついて素早く取り返してとっとと老夫婦に届けて、素早く会場へ行けば。大丈夫！

直の半生でおそらく新記録であろうスピードが出た。びゅーんびゅーんと風を切る音が耳をくすぐる。ジェットエンジン搭載しているみたい。速い速い。

手を伸ばすと、カメラの紐《ひも》に手がかかった。ぐっと握りしめる。はずみで男は転び、直も転んだ。もんどり打ってアスファルトに叩《たた》きつけられ、頬がこすれて熱くなる。でも絶対手は離さない。

男は「くそ」と舌打ちし、カメラをあきらめて走り去った。

やった！

直はカメラが壊れてないか確かめた。レンズは無事。紐を通す金具の端が少し傷ついている。アスファルトに擦れたようだ。転んだから傷つけてしまったんだ。

直は立ち上がった。足首が変だ。ひねったようで、走れそうにない。老夫婦を早く安心させたいのに、ゆっくり歩くしかない。相当の距離を走ってしまい、戻るのに時間がかかった。

老夫婦は公園のベンチでしょんぼりと座っていた。途中で直に気づいて立ち上がった。

直はカメラを高く掲げ、明るく声を張り上げた。

「取り戻せましたあ！」

老夫婦は驚いた顔で「お嬢さん！」と叫んだ。ふたりは喜ぶどころか、青い顔をして近づいてくる。

直はカメラを旦那さんに渡した。

「ごめんなさい、金具が少し傷ついてしまったみたいです。レンズは大丈夫だと思うんですけど」

「まあどうしましょう！」

老婦人は悲鳴をあげた。

「傷ついたのはあなたよ！　お座りなさい」

老婦人は直をベンチに座らせ、公園の水道で濡《ぬ》らしたハンカチで直の頬の傷を洗ってくれた。旦那さんはスプレー式の消毒薬を持っていて、直の目に入らぬようてのひらで覆いながら注意深く吹き付けてくれた。

「歳とるとすぐころぶから、持ち歩いているんだよ」と旦那さんは言う。スプレーする時おまじないのように「ばいばいきん」とつぶやいた。いつも孫たちにこうやって消毒してあげているのだろう。

夫婦は高崎から東京へ遊びに来たのだという。新婚旅行の時に買った思い出のカメラで、宝物だそうだ。ありがとうとお礼を言われた。

とはいえ、ふたりは喜んではいない。直の傷を心配する気持ちの方が大きいらしく、顔を曇らせておろおろしている。

「お顔に傷が残ったらどうしましょう、女の子なのに」

「今から親御さんに謝りに行こう」

たかが擦り傷なのに、心配させてしまっている。

直は百瀬や亜子にさんざん世話になったが、心苦しく思うことはなかった。だってふたりは直を助けるために傷ついたりしなかった。亜子はいつも楽しそうに会いに来てくれたし、百瀬も「アパートの管理をしてもらえて助かってます」と喜んでくれた。七重もそうだ。野呂もそうだ。直がいることが嬉《うれ》しい、ありがたい、そんなふうに接してくれているので、直は「いていいんだ」と胸を張れたし、必要とされている実感があった。

それって親切ではなく、愛なのだ。

自分にできるのは親切までで、愛が足らない。まだ人を救う器じゃないな、と反省した。試験があるので、さっさと立ち去ることにする。

「お礼をしたいから連絡先を教えて」と言われたが、先を急ぐからと断り、元気いっぱいな笑顔で「よいご旅行を」と言って、リュックを背負って歩き始めた。

後ろは振り返らずに先を急いだ。

かなり歩いたところで、そっと後ろを見ると、夫婦の姿はなかった。直はほっとして、周囲を見回した。道路脇に粗大ゴミ置き場があって、素っ気ない木製の椅子が一脚、ぽつんと捨てられている。足を引きずりながら近づき、埃《ほこり》を払わずにそこへ腰を下ろした。ひねったところが腫れてきた。足首を捻挫したようだ。「絶賛内出血中」という言葉が浮かんだ。

父は明るい人で、なんでもかんでも「絶賛」を付けた。「絶賛反省中」、「絶賛料理中」、「絶賛飲酒中」、「絶賛くたびれ中」などなど。すると母が眉をひそめ「絶賛は賞賛という意味だから、その言い方は誤用」といちいち注意していた。

ところが先日母と一緒に父に面会に行った時だ。

「おとうさんは絶賛服役中ね」と母が言った。

「もうじき絶賛保釈中になるから、よろしくたのんます」

父は頭を下げ、母とふたりで笑い合っていた。

腕時計を見る。今ならさっさと歩けばぎりぎり間に合う。

さっさと歩けたら……。

足首の痛みが増してきた。さっきは平気を装えたが、今は立つのも辛《つら》い。頬の傷の比ではない。うめき声が出るほど痛い。痛み止めの薬はアパートに置いて来た。適量の三倍は飲まないと効かないくらいの激痛だ。ひょっとして折れてる?

タクシーが通り過ぎた。タクシー! 去ったあと手を挙げても遅い。第一、座ったままでは、向こうから見えない。それにこのあたり、交通量はそれほど多くない。次にタクシーが通りかかるのはいつだろう? そうだ、タクシーを呼ぶアプリってあったんじゃなかったっけ。それをダウンロードすれば。あわててスマホを取り出すが、手がかじかんですべり落としてしまった。路上に落ちたスマホ。見えているけど、手を伸ばしても届かない。腕時計の秒針が「急げ急げ急げ」と煽《あお》るように見え、それがだんだん「無理無理無理無理」と見えてくる。痛い。痛すぎる。

直はうなだれた。

亜子の言う通り電車を使って最寄り駅まで行っていたら、こんなことにはならず、今頃は会場で単語帳をながめていた。ああ……。

なぜ自分はいつもこんなふうに判断を誤るのだろうか？

こういう時、人は泣くのだろうが、直の涙は滅多に出ない。腫れた足首を見ながら、途方に暮れた。冷えてきたと思ったら、粉雪が降ってきた。

腕時計を見る。試験が始まる時刻だ。

お腹《なか》が鳴った。こんなに痛いのにお腹は空くのだ。朝ちゃんと食べたのになあ。走ったからだ。すごく速く走った。学生時代、短距離走は苦手だった。人と争う競技ではたいてい負けた。だけどさっきは信じられないスピードが出た。目的があると、力が生まれるみたい。でも……今日の目的は受験じゃないか。

リュックを開け、亜子からもらった必勝弁当を取り出す。包んである大判のハンカチをほどいて蓋を開けると、ボリュームたっぷりのカツサンドが目に入る。

料理が苦手な亜子が朝からカツを揚げてくれたのだ。パン粉がところどころ剝がれている。不慣れな人が作ったトンカツだ。中まで火が通るように過剰に揚げてしまう、そんなところも料理初心者っぽい。添えてあるポテトサラダに刻み海苔《のり》が不自然に貼られている。字が書いてあるようだけど、剝がれて移動しちゃっている。なんて書いてあったんだろう。キ、ン？　キーン？　なんだろう？　刻み海苔を組み合わせ直す。入学試験を受けそびれたのに、試験を受けているみたい。だんだん答えが見えてきた。

シンコキュー。シンコキューって海苔で書いたんだ。

昼休みに深呼吸をして、午後の試験を頑張れという意味だ。

直は深呼吸をしてみた。

排ガスまじりの空気。甲府で育った直にとっては「東京の匂い」で、嫌いではない。必勝弁当に粉雪が降りかかる。直の頭にも降り積もる。

「応援してくれたのにごめんなさい」と声に出してみる。

弁護士になりたかったのに。法学部に入りたかったのに。百瀬先生みたいになりたかったのに。家庭教師はきっとこう言う。

「早稲田に賭けるしかないな。無理だけど」

そう、無理。一週間でそこまで偏差値を上げるのはさすがに無理。自分以外の人たちがお腹でも壊せばひょっとしたら……。おっと、人の不幸を願っちゃいけない。

直は空を見上げた。

「万事休すのときは上を見なさい。すると脳がうしろにかたよって、頭蓋骨と前頭葉の間にすきまができる。そのすきまから新しいアイデアが浮かぶのよ」

　これは百瀬が七歳の時に母から伝授されたというおまじないだ。

　直は空に問いかけた。

　百瀬先生だったらこんな時どうする？

　粉雪が頬の傷にしみる。白い粉がまつげに付いては消える。

　すきまは教えてくれた。

「ひとつ前の駅で降りて良かった。老夫婦の大切なカメラを守れた」

　直は前を向き、「よし」とつぶやく。次だ。早稲田だ、早稲田。

　カツサンドにかぶりついたら、マスタードがつんときて涙が出た。


　百瀬太郎は見た瞬間にここだとわかった。

　幽霊屋敷という呼称がぴったりの廃屋だ。

　木造二階建て。蔦《つた》が家屋全体を覆っている。冬だから葉は落ちて、枝だけがまるで血管のようにからみついている。壁にも雨戸にも縦横無尽に張り付く蔦。網にかかった獲物のような家屋はすっかり死んで、悲鳴を上げる元気もない。夏になれば勢いづいた緑に飲み込まれて、どこが窓かもわからないだろうし、秋はきっと燃えるような赤になる。今は枯れたように見える蔦が廃墟《はいきょ》感をいっそう増している。

百瀬は家の周囲を見回した。

庭木が生い茂り、低い木製の塀が緑に埋もれている。死んだような家とは対照的に植物は生気を放ち、敷地《しきち》外に枝が張り出して、道を狭くしている。門らしきものは見当たらないが、塀が途切れた場所に敷石《しきいし》が見え、そこを踏みながら進むと、玄関らしき格子戸があった。そこだけ蔦はからんでいない。ＳＮＳで幽霊屋敷と騒がれた頃に若者たちが肝試しに入って騒いだというので、人の手で何度か開けられたのだろう。

格子戸の脇には鳥の巣箱のような木製の郵便受けが取り付けられており、斜めに傾《かし》いでいる。元は朱色だったのだろう、今はくすみきった錆《さび》色で、差入口の上に小さく「鈴木《すずき》」と書いてある。最後に住んだ人の苗字《みょうじ》なのだろう。インクはくすんでいるが、家自体が半世紀以上経っていそうなので、字だけは比較的新参者に見える。表札らしきものは見当たらない。

「ちょっとそこの人」

外から声を掛けられた。

道路へ戻ると、ダウンジャケットを着た白髪の男性がこちらを睨《にら》んでいる。白い小型犬を連れている。

「ここは空き家だ。勝手に入ってはいかん」

男は町内会長だと言う。近所の人から「幽霊屋敷によそ者が入った」と通報があり、見に来たと言う。百瀬は名刺を渡して「土地建物の所有者の代理人です」と挨拶をした。

「そうか。とうとう役所が動いたか」

町内会長は感無量という顔をして、中村《なかむら》と名乗った。

白い犬は百瀬をじっと見上げ、遠慮がちに尻尾を振っている。

「スピッツですね。最近ではあまり見なくなりました」

「犬を飼うのは初めてなんだ。うちらの世代、犬といえば番犬って頭があるんで、よく吠《ほ》えるって噂《うわさ》のスピッツを選んだ。町内パトロールに付き合わせるんだが、こいつ、全然吠えないんだ」

「なるほど思慮深いのですね。お名前は？」

「シロだけど」

百瀬はひざまずき、犬と向き合うと、そっと手を差し出す。

「初めまして、中村シロくん」

シロは右の前足を百瀬の手に乗せ、「お手」をした。

「君はなんて賢いんだ」

百瀬が感心すると、中村会長は「ただのヘタレです」と笑った。

彼は内心誇らしいのだ。せっかく飼った犬がおとなし過ぎる上、妻がお手など教えてますますヘタレ化し、番犬から遠ざかってしまっているのを腹立たしく思っていた。しかし「なるほどシロは思慮深い犬なのだ」と思い直すことにした。妻にもさっそく伝えよう。

すっかり気をよくして、口が軽やかになる。

「この町で先祖代々魚屋を営んできたんだが、大手スーパーに追いやられた。今の若い奴《やつ》らは尾頭付きの魚をさばくこたあできねえ。目がついてるだけでわーきゃー言って、スーパーで切り身しか買わん。おいちゃんやってと言ってくれりゃあ、さばいてやるし、おいちゃん教えてときたらウロコの取り方から仕込んでやるっつうのに。みんなバタバタバタバタ忙しがって、魚屋に立ち寄らない。鮮魚が売りの店だったが、しかたねえ、アジのフライだの金目鯛《きんめだい》の煮付けだのこしらえて売ってみた。まるで総菜屋だ。そうなるといよいよスーパーには勝てねえ。だってあっちはアジフライの横にコロッケ並べるしさ、食ってみたら結構うまいんだ。大ショーック」

　人のいい話好きの会長だ。

「経営が傾きかけたところに、マンション建設の話が舞い込んだと思いねえ。渡りに船ってもんだ。店じまいして土地を売り、今はその敷地に建ったマンションの一室でカミさんと二人暮らしよ。俺、死ぬの怖《こ》ええ」

「死ぬ？」

「土地を売り渡すなんて万死に値する。あの世でご先祖さまにボコボコにされるに決まってらあ。まあ、職は失ったけどさ、子どもは独立したし、カミさんとふたり食べていくだけの金は残った。趣味もないので町内会長を引き受けたってわけ。魚屋時代は貧乏暇なしでゴルフやカラオケなんかする余裕はなかった。いざ暇になってみると、遊ぶ気にもなれねえし」

　ということで、町内の活性化に力を注いでいると言う。シロは幽霊屋敷が騒ぎになった去年、孫の勧めで購入したのだそうだ。

「ここ、お化け出そうな家でしょ。見ての通りの有様《ありさま》で、以前から近所では幽霊屋敷って呼んでいたんだ。それがほら、若いのがインスタとかいうやつで全国に広めちゃって、あっちゃこっちゃから見にこられてさあ、こっちはいい迷惑よ。うちらが幽霊屋敷って呼ぶぶんにはいいが、よそ者に言われたくないよね。ボロ屋とはいえ、この家はわが町の一員だから。そのビミョーな気持ち、わかる？　うちのバカ嫁がって言うぶんにはいいけど、おたくのバカ嫁がって言われたら、殴っちゃうよね。あ、弁護士さん。逮捕しないでよ。殴るってえのは江戸っ子のシャレだから」

「わたしは警察ではないので逮捕はしませんよ」

「よそから来たそいつらは、マナーがなってない。酒飲んで花火やってカップラーメンやらスナックやら食い散らかしてさ、道までゴミだらけにしてくからさあ、うちらみんなで毎朝道路掃除。ほんとにあれにはまいった。町内会の有志でパトロールして、どうにか追い払ったけどね。せっかく幽霊屋敷なんだからさ、奴らを呪い殺してくれと思ったぞ。あ、殺すってえのもシャレだから」

「たいへんご迷惑をおかけしました」

持ち主になりかわり、百瀬は頭を下げた。

中村会長の言葉の中に幽霊屋敷へのささやかな愛を感じて、若干驚いてもいた。若い頃担当した世田谷《せたがや》猫屋敷事件を思い出す。あの案件は高齢女性による猫の多頭飼い崩壊で、近所の人の多くが「どうにかしてくれ」と息巻いていた。たったひとり、心優しい女子中学生だけが高齢女性の行く末を案じており、獣医のまことを通じて弁護を依頼してきた。あの事件に比べれば、幽霊屋敷はまだしも恵まれている。なにしろ町内会長が人情派だ。この屋敷が生き残る道もあるかもしれない。

「それでここ、取り壊しが決まったの？」

「まだです。所有者は現状を知らないので、家屋の状態を把握するためにわたしが見に来ました」

「ならまず隣近所に挨拶回りしたほうがいい。みんな怯《おび》えているんだ。また全国から人が集まって、町の平穏を乱すんじゃないかって。黙って屋敷に入ってごそごそやったら、警察に通報されちゃうよ。ちゃんと顔を覚えてもらうといいさ。なあに、話せばわかる。人間だもの」

「ありがとうございます。さっそくそうします」

百瀬は菓子折りを購入して一軒一軒頭を下げて回ることにした。

「あらまあご丁寧に」

隣は今風のおしゃれな造りの家で、玄関から出てきた女性はエプロンをかけていた。

家の奥からほんのりときんぴらごぼうの匂いがする。明るい時刻から夕飯の支度を始めているのだ。

　百瀬はきんぴらごぼうの匂いに弱い。家庭の味代表選手に思えるのだ。きんぴらごぼうを作るすべての人に根拠のない敬意を払っており、百瀬自身、きんぴらごぼうには自信がある。婚約者の大福亜子を新居に迎える日にこしらえた。つい最近のことで、その日思いがけないことが起こり、その時のドタバタがよみがえり、万感の思いで名刺を渡すと、「取り壊しが決まったの？」と町内会長と同じ言葉が返ってきた。

　彼女は五年前に建売住宅を購入し移り住んだという。中学生の娘がいて、通っている私立校に近いからここを選んだ。隣が長年空き家だと承知で購入したという。

「主人が不動産屋と交渉して隣の空き家を理由に値切ることができた。だから購入を決めたんですけどね」

　女性は声をひそめる。

「お隣、庭がジャングルみたいでしょ。夏は蚊が異常発生するし、蟬《せみ》は滝みたいにうるさいし、去年は若者が深夜まで騒いで、散々な思いをしました。娘は幽霊屋敷の隣に住んでるなんて恥だから友達を家に呼べないって文句タラタラですよ。あとから知ったんですが、お隣、ブラックハウスじゃないですか！」

「ブラックハウス？」

「事故物件サイトですよ。知りませんか？　自殺とか殺人事件があったワケあり物件をネットで公開しているんです。不動産屋は三年以内の事故物件しか教えてくれません。でもブラックハウスには何十年も前のワケありも掲載されてるんですよ。全国の事故物件が誰でも閲覧できるんです。娘の同級生がサイトで見つけて、隣の幽霊屋敷は事故物件だ、正真正銘幽霊が出るんじゃないかって、聞いてくるんですって」

女性は肩をすくめた。

「こんなことならもう一軒のほうにしておけばよかった。そこはダイニングから墓地が見えるので安かったんですよ。わたし、お墓見ながら食事するなんて嫌だし、隣が空き家のほうがマシと思ったんですけど、幽霊屋敷ですからね。幽霊だなんて、ぞっとするじゃありませんか。思えばお墓はきちんとお弔いされているわけですから怖くないですよね。実際ねえ、気持ちいいものじゃないです。人がいない家というのは不自然だし不気味ですよ。幽霊も怖いし不審者も怖い。さっさと取り壊してお祓《はら》いでもしてもらいたいわ」

百瀬は自分の新居の周囲はどうだったっけと考えた。

亜子が来る前に引越しの挨拶回りを済ませたが、墓はないし空き家もない。百瀬自身は墓が嫌だとか空き家は困ると思ったことがない。事故物件など全く気にしない。

パチンコ店の二階に住んでいた時はさすがにうるさく感じたが、勉強できたし安眠できた。騒音に対しても忍耐強いほうだ。

自分は鈍いのかもしれない、と百瀬は思った。環境を思い煩わないタイプなので、女性と暮らしてゆくのにこの鈍い感性で大丈夫かなと不安になった。

幽霊屋敷の裏手の家には耳の遠いお年寄り夫婦が三匹の猫と住んでいた。縁側でお茶を振舞ってくれて、百瀬が差し入れた菓子折りをその場で開けて食べながら話をしてくれた。白猫と黒猫と茶トラがふたりの膝に乗ったり肩に乗ったりしている。

猫の名前は「ひい」と「ふう」と「みい」で、どの子がひいでふうでみいかは「わたしどもこだわりません」と言う。夜になって戸締りする時に「ひいふうみい」と数えて全員家の中にいるのを確認したら雨戸を閉めるのだそうだ。

「門限は七時。家中を閉めます」

結婚してからずっとここに住んでおり、子どもたちは巣立ったと言う。

ふたりは裏の幽霊屋敷についてたくさん話してくれた。

「子沢山で賑やかな家族でしょっちゅうバーベキューをやって騒いでいます。夜中ま

「背中の曲がった爺《じい》さんがひとりで暮らしていて人との行き来はありません。いつのまにか死んでいるかもしれません」

「姉妹が住んでいます。ふたりとも高慢ちきで行かず後家です」

「大学教授が住んでいて、秋田犬を飼っています」

「背の高い外国人夫婦がブルドッグと暮らしています」

「売れない作家が創作の苦しみで明け方に奇声を発します」

これはすべて幽霊屋敷の話で、過去に実際そうだったのかもしれないし、別の記憶と混同しているのかもしれない。大学教授と秋田犬のくだりは、映画『ハチ公物語』と混同しているようだ。ふたり揃《そろ》って耳が遠く、記憶も曖昧だ。ふたりの間では話が通じるらしく、とても仲の良い夫婦で、どちらもイラついたりせず、おだやかに話してくれる。

ふたりは耳が遠いので、毎回叫ぶような声で相槌《あいづち》をうたねばならず、百瀬は喉が痛くなった。最後に「裏の家は鈴木さんでしたか？」と叫んだが、「鈴木さんじゃない」という答えが返ってきた。ふたりにはっきりと否定されたが、信ぴょう性は薄いと百瀬は考えた。

幽霊屋敷の正面の家は鉄筋二階建てで、屋上に巨大なアンテナが立っている。昭和の豪邸というたたずまいだ。表札は「西岡」で、呼び鈴を押したが応答がない。留守かなとあきらめかけた時に二階で窓が開く音がして、ベランダからぬうっと男が顔を出した。

「今通信中」

「出直します」と百瀬が言うと、男は「さっきおたくが中村会長と立ち話してるの聞こえたから、事情はわかったし、もういいよ」と言う。

中村会長に通報したのは彼なのだろう。

「少しお話を伺いたいのですが」と食い下がると、「三十分後」と言って男は顔を引っ込めた。

隣接の家にはひととおり了承を得た。西岡との約束までの時間、幽霊屋敷の中に入って視察しようとすると、「百瀬先生」と声を掛けられた。

中村会長が走ってくる。シロも走っている。百瀬は自然と頬が緩んだ。似合っている。中村会長とシロはすっかり相棒だ。あとで菓子折りを持って行こうと思っていたので、ちょうどいい。渡すことにした。

中村会長は分厚いノートを見せてくれた。

「先代の帳簿に出前の記録が残っていた」と言う。古く黄ばんだ帳簿には付箋が二ヵ所貼られている。ひとつは三十五年前の記録で、「刺身の盛り合わせ七人前」とあり、幽霊屋敷の住所と『篠乃木《しのぎ》様』、そして「結納《ゆいのう》」という但し書きがある。

もうひとつの付箋はその約五年後に同じ住所、同じ苗字で「鯛の塩焼き」とあり、但し書きは「お食い初め」であった。

幽霊屋敷では三十五年前に婚礼があり、その五年後に子どもが生まれたのだ。お食い初めは「一生食べるものに困らないように」と、生後百日に行われる儀式だ。新しい命を喜び、鮮魚が売りの魚屋に祝膳を注文する、そういう家だったのだ。

中村会長と別れたあと、西岡との約束まで十分しかないので、幽霊屋敷内見を後回しにし、外から家屋を観察しながら待つことにした。

蔦で覆われた廃屋。ここで結納とお食い初めがあった。ここで生きる人々が希望に満ちた日々を送っていた。暮れには大掃除、正月には門松が飾られ、家が家らしく扱われた時代があったのだ。

そういえば結納。大福亜子との間にその話が出たことはない。

百瀬は一応弁護士であるからして、日本の一般的儀式はひと通り知識としてある。

結納とは家と家との儀式であり、結婚で女性が苗字を変える場合は、男性の家から結納金や結納品を贈る。逆の場合は女性の家から男性の家へ贈るのが基本で、つまり、「人を貰《もら》うので、もので返します」という合理性が内包されている。

正式結納の場合は、仲人が両家を行き来して結納品を運び、どちらの家でも祝膳を用意して仲人をもてなす。略式では仲人を立てなかったり、関東では両家とも結納品を用意して取り交わすなど、地域によってもやり方は異なる。

日本で結納という儀式が生まれたのは、結婚は「家と家のつながり」という認識だったからだ。しかし現在は「人と人のつながり」という意識がスタンダードになり、結納は省かれることが多い。苗字をひとつにする、つまり家という概念は残っているから、そこはまだ世界の標準とはいえないが、昔のように相手の家に入るのではなく、「新しい家をふたりで作る」に意識は移行しつつある。家や苗字の概念は文化だから、このあたりで踏みとどまるのか、限りなく世界の標準へ近づけるのか、この先どうなるのかわからない。

百瀬は儀式を成り立ちから理解することで歴史を紐解くのが好きだが、自分のこととして捉えたことはなかった。家などなかったからだ。正直言って結納は失念していた。主義ではなく、失念。いかにも迂闊。こういう粗忽者を夫にすることに亜子は不安を抱かないのだろうか。

大福亜子は結婚のプロである。なにせ結婚相談所勤務だ。彼女なりの結婚観があって、自分は許されたのだ、と思うことにしている。

百瀬は七歳で母と別れて以来、家庭に憧れ続けた。家庭をもちたい一心で結婚相談所の門をくぐった。女性を求めていたのではなく、家庭を求めていたのだ。つまり「家」にこだわっていたわけで、そう考えるとかなり保守的である。と、今気づいた。たぶんそこがネックとなり、見合いは三十一連敗。金が尽きて退会を決めたら担当アドバイザーに結婚を申し込まれ、それが大福亜子である。

奇跡が起こった、とあの時百瀬は思った。「会員にひとりの落伍者《らくご》も出さないという亜子のプロ意識および自己犠牲的行為」とも思えたが、やがてそれが「ゆるぎない愛」だと知り、百瀬は至上の喜びを感じた。

子どもの頃から「自分は人として何か足らない」と感じていた。母と暮らせなくなったのもそのせいだと思い、「良くあろう、正しくあろう、もっともっと」と生きてきたが、人を激怒させてしまうことがたびたびあった。自分は何かが欠けている。しかし欠けている自分でいいという女性がこの世にいるのだ。

この時点で百瀬は「ゴールした」と思った。入籍はまだだし式もやってないし手も握っていない段階で「夢が叶《かな》った」と思った。慢心して亀に抜かれるうさぎのごとく油断した。

結婚式は服役中の母が出所してからという大福家の温情に甘え、婚約の関係が長々と続いてきた。同じアパートの別々の部屋で暮らすというハタから見れば奇妙な距離感だが、百瀬自身は大満足で、一生このままでもいいとすら思っていた。しかしここにきて急展開、一緒に暮らせることになった。

新居は長年暮らして来た春美荘アパートから一キロほどの場所で、古いが趣のある一戸建てだ。洋館風の平屋で、あわいクリーム色のモルタルにくすんだ赤い屋根瓦、モスピンク色のレンガ造りの煙突がある。幽霊屋敷とは真逆のハッピー感漂う家だ。財産管理を任されている依頼人の家で、彼女が山へ引越したため借り受けることとなり、破格の家賃で助かっている。

アパートから自分の荷物をリヤカーで運び入れた。荷物は少ないので二往復で済んだ。亜子の荷物はなぜか「絶対触れないで」と言われたので、そのままにして、百瀬はしばらくひとりで住んだ。いや、ひとりではない。サビ猫のテヌーと住んだ。テヌーは初日から家を気に入った。百瀬は仕事から帰って寝るまでのわずかな時間で家中を掃除し、荒れていた庭の草むしりもひと通り終えた。婚約者を迎える誇らしさを胸に、はりきって家を整えた。

秋田の靴屋大河内三千代《おおこうちみちよ》からお祝いが届いた。「一軒家ならこれは必須」と、ものものしい天然木の浮き彫り表札だ。その取り付けも済ませた。

亜子は去年大怪我《けが》をして実家におり、そこからの引越しだ。身の回りの物が搬入されるだけと思っていたが、そうはいかなかった。三面鏡やら箪笥《たんす》のセット、新品の家電製品、ダイニングセット一式、そのほかにも大きな段ボール箱が山ほど届いて、家の中はたちまち荷物だらけになった。これが「一人娘を嫁にやる覚悟」なのだと、百瀬は思い知った。

テヌーはびっくりして逃走。隣の家の人から「うちにテヌちゃんが来てます」と連絡があり、「荷物が落ち着くまでおあずかりしますわ」と言われた。

その日、百瀬は精一杯のおもてなしをしようと、朝から料理をしていた。

家庭の味代表選手のきんぴらごぼうを作り、その幸せな匂いに満ちた家に婚約者を迎え入れたかったのだ。家庭を知らない男だが家庭を演出できると、愛する人にアピールしたかった。失敗なく作ることができた自分に酔いしれていたが、荷物の山に甘い思いは吹っ飛んだ。

引越し業者がひっきり無しに出入りし、「どこに置きますか？」と質問をぶつけてくるが、亜子の到着が遅れて、指示が出せない。すべて、「そのあたりでお願いします」と言うほかなかった。まるでお輿《こし》入れのような引越し騒動に、記念すべき「同居初日」は事件化した。

亜子は亜子で、実家を出る時に両親と衝突してしまったと言う。

自分で選んだ最小限の家具にしたかったのに、父親が勝手に婚礼家具一式を手配してしまうし、母親も「台所用品は最低限これが必要」と張り切って注文、店から新居に送りつけるしで、「今までお世話になりました」と挨拶したかったのに、文句ばかり言うはめになり、情けなくなって泣いてしまったというのだ。

荷物がすっかり家の中に押し込まれた頃、ようやくタクシーで両親と亜子が到着。

母親は着くや否や「引越し蕎麦《そば》を打ちます」と、段ボール箱だらけのキッチンで蕎麦打ちを始めた。

百瀬は激しく動揺した。きんぴらではなく引越し蕎麦を作るべきだったのか、と。

亜子はさんざん親と言い争ったあとらしく、目を腫らしており、窮屈そうに肩を寄せ合う家具にうんざりした顔をして、荷を解く元気も失っていた。

父親は流石《さすが》に家具が多すぎたと気づき、バツの悪そうな顔をして、「着払いで返送してくれ」と余分な家具に付箋を貼り付けていた。母親は蕎麦を打ち終えると、「ふたりの邪魔はしません」と潔く帰り支度をした。父親は一緒に食べるつもりだったようで、見るからにがっかりしていた。百瀬は「どうぞ一緒に」と誘ったが、亜子は冷淡にも「百瀬さんとふたりで食べる」と言い放った。

普段は人の気持ちを優先する亜子が、両親に対しては我を張り、不機嫌を隠そうともしないので、「実の親子ってこういう感じなんだな」と百瀬はひとつ学んだ。

百瀬ひとりが両親を門まで見送った。

父親は「亜子を頼むぞ」と言った。百瀬は「大切にします」と答えた。すると父親は呆れた顔で「幸せにしますと言えんのか」と言った。

母親が間髪を入れずに言った。

「幸せはするものではなく、なるものです」

それから瞳を潤ませ、「大切にしてくれれば、いいじゃないですか」と付け加えた。

百瀬は家具だらけになった家に戻った。親の愛はこのようにあふれて、おさまりきらないものなのだと知った。亜子は愛を浴びて育った人なのだと、あらためて思った。

荷物の狭間《はざま》で亜子とふたり蕎麦ときんぴらごぼうを食べながら、百瀬は考えた。幸せについて。ひとりの女性を幸せにするって、どういうことなのだろう？　自分にできるのだろうか。何度も天を仰いだが、答えは降ってこない。

食べ終わると、亜子は百瀬を見て微笑み、つぶやいた。

「幸せ」

あまりに簡単に大切な人は幸せになっていた。新居のおかげか手打ち蕎麦かきんぴらなのかわからないが、亜子は「幸せ」と言い、百瀬も「幸せだ」と感じた。

「何ニヤついてるの」

声をかけられた。西岡が目の前にいる。あっという間に約束の時間だ。

百瀬はあわてて名刺と菓子折りを渡した。

「聞きたいことって何」

「この家に以前住んでいた人のことご存知ですか？」

「さあ」

「西岡さんはいつ頃こちらに？」

「親の代から」

おそらく西岡は四十代だ。幽霊屋敷で結納やお食い初めの儀式が行われていた頃、彼は小学生だったはず。通学の時に少しはお向かいの様子が目に入るだろう。「さあ」とはどういう意味だろう？　親たちは近所づきあいをしなかったのだろうか。前頭葉に空気を送るべく上を見ようとしたら、巨大なアンテナが目に入った。

「立派なアンテナですね」

「幽霊屋敷のおかげで、うちのことをあれこれ言われなくて助かっている」

「あれこれと言いますと？」

「アンテナを立てたばかりの頃、壁に落書きされた。宇宙人は去れ、とね」

「だってこれアマチュア無線ですよね」

「わかる？」西岡の青白い頬に赤みがさした。

「ええ、あのアンテナでしたら地球の裏側とも交信できますよね。いつ頃立てたんですか？」

「最初はもっと小さかったんだ。十二の誕生日に親父《おやじ》が今のアンテナを設置してくれた」

「すごいですねえ。うらやましぃ」

「見てく？」と西岡は言った。

「いいんですか？」

「ちょっとだけな」

玄関に入ってすぐのところにスプレー式消毒液が置いてあり、西岡は丹念に手を消毒した。百瀬も消毒するよう言われた。部屋に上がる時には使い捨てのスリッパを出され、履くように言われた。

「あんたが汚いとは思っちゃいない。これは俺の問題だから」と西岡は言った。

百瀬は「承知しました」と言った。

潔癖症とか不潔恐怖症とも言うが、一種の強迫性障害だ。彼は自分の問題とわかっているので、コントロールできているのだろう。

人にはみなこだわりや癖があり、それがあって当然だと百瀬は思う。困った時に上を向くおまじないも、同じようなものだから。

二階に連れて行かれた。窓の広い部屋に無線のための機材があった。想像していたよりもシンプルで、綺麗《きれい》に整えられている。二階の部屋の入り口にも消毒液があったため、指示されなかったが、百瀬はあえて手を消毒した。

強迫性障害の人が今日会った他人を部屋に入れるのは相当な勇気だ。不安にさせないように振舞いたいと百瀬は気を引き締めた。

西岡は第一級アマチュア無線技士の免許証と、交信相手が発行してくれるＱＳＬカードを見せてくれた。友好的な性格のようだ。

「いつから無線を？」

「小四の時に学校へ行けなくなって」

「何かあったんですか？」

「俺の個人的な問題」

おそらく強迫性障害を発症し、外出が辛くなったのだろう。

「親父が家の中にいても世界とつながれるぞと、簡単な機材を揃えて、ちっこいアンテナをこの窓に設置してくれた。親父は学生の時にアマチュア無線のサークルに入っていて、三級の免許を持っていたから、すぐに交信して、その夜、青梅《おうめ》とつながったんだ。青梅に住んでいる知らない人。そのとき目の前がぱーっと明るくなった」

西岡少年が目を輝かせている様が脳裏に浮かび、百瀬は自分も少年に戻ったような気がした。そしてその時の感動を脳内で共有した。

「インターネットやスマホがある時代に無線なんてって思うかもしれないけどさ」

「ベツモノですよね。スマホは特定の人間とつながるツール。アマチュア無線は相手を選ばない。どこかの誰かと時間を共有するんです。壮大なロマンです」

「それ！　あんたわかってるじゃん。アマチュア無線の世界は公平なんだよ。平等なんだ。俺が学校へ行けない小学生とか、関係ないんだ。年齢も職業も関係なくリアルな時間を赤の他人と共有できるんだ」

「わかりますわかります」

「あんたも経験ある？」

「施設で育ったものですから機材が手に入らなくて」

西岡はハッとして、バツが悪そうに「自慢になっちゃったかな」と言った。

「楽しいです。もっと聞かせてください」

「俺は夢中になった。親父は仕事があって週一しかつきあってくれないから、足りない機材を自分で取り寄せて、資格も取って。もっと遠くに、もっと広くって。おふくろはあきれてたけど、親父は応援してくれて、ついにでかいアンテナを買ってくれた」

百瀬はなるほどと思った。

アマチュア無線の電波は受信できれば誰でも聞けるから、プライバシーに関わる話は極力しないというマナーがあると聞く。だから犯罪から遠いし、子どもの趣味としてはインターネットより健全だ。学校へ通えなくなった息子に夢中になれるものが見つかり、父親はほっとしただろう。

今は世界中のマニアと交信し、友人もできたと西岡は言う。しかしリアルに会ったことはないそうだ。両親は海外赴任中でフロリダにいるが、自身はそこへも行ったことはないと言う。

「いつか交信相手に会いに行く夢は持っているんだ」

「世界一周の旅になりますね」と百瀬は言った。

心は世界に開いているが、肉体的にはひきこもりなので、幽霊屋敷に以前どういう人が住んでいたかは知らないと言う。ただし、深夜に人が出入りしているのをこの部屋の窓から何回か目撃したそうだ。

「深夜に交信したあと、窓を開けて空気を入れ換える時に、何度か黒い影を見た」

「いつのことですか？」

「三年くらい前からかな。ごくたまにだ。そもそも窓を開けるのがごくたまにだから、そいつは毎晩来ているのかもしれない」

「去年の幽霊屋敷騒ぎの時もですか」

「いや、その頃はうるさくて、窓を閉めてカーテンも引いてた」

「夜中って、何時頃ですか」

「二時とか三時とか、明け方の時もあったかな。入ってゆく時もあったし、出てゆくのも見た」

　百瀬は窓から外を見た。

「ここから玄関は見えませんね」

「うん、木と木の間の、あのアプローチの敷石があるところ。そこへ入って行くのを見た」

「女性ですか、男性ですか」

「黒っぽい服で、男と思ったけど、女かもしれない」

「おとなですか、子どもですか」

「背は結構あったから、おとなに見えた。でも」

「でも？」

「幽霊かもしれない」

　知的な西岡が真面目な口調で言ったので、百瀬は返事に窮した。

「あそこ、ブラックハウスに載ってるよ。心理的瑕疵《かし》ありって書いてある。殺人とかの具体的記載はない。猟奇殺人みたいに新聞沙汰になったり、飛び降り自殺だとタレコミがあったりして記載されるけど、サイト運営者も真相をつかめないんだろうな。小さな事件はニュースにならないしね。こんな近所に住んでいても、あそこで何があったか知らない。たとえばだけど、凄絶な何かがあったとして、悔しい思いをして死んだら、魂がここらを彷徨《さまよ》うっていうのは、あるかもしれない」

「幽霊が存在すると信じているんですか？」

「あんた、いないと思ってんの？」

「魂は視覚でとらえられないと思います」

「じゃあ見えないものは存在しないのか？　電波は見えないけど実存するぜ。星の王子さまも言ってるじゃないか。大切なものは目に見えないって」


西岡の家を出ると空が燃えるように赤かった。

百瀬はスマホでブラックハウスのサイトを覗《のぞ》いてみた。全国の地図上に骸骨マークが散らばっている。それが事故物件らしい。こんなあけすけなサイトがあるなんて、驚いた。知らない街の事故物件も指一本で覗けるのだ。幽霊屋敷はたしかに載っていて、西岡の言う通り、心理的瑕疵ありとなっている。誰もが閲覧できるが、不動産業者や公的機関が運営しているわけではない。そもそもこのデータは正しいのだろうか？

日が落ちぬうちに家屋の中を確認せねばならない。

敷石を踏んで屋敷に近づき、格子戸に手をかける。廃屋に足を踏み入れるのはあらゆることに鈍い百瀬でも畏怖を感じる。住んでいた人たちの思念が圧となって迫ってくるようだ。

「おじゃまします」とつぶやく。格子戸はすべりが悪いがどうにか開いた。

家の中は思ったよりも暗くはなかった。明かり取り用のはめ殺しの窓が適切に配置されており、西日を招き入れている。玄関に足を踏み入れると、ざり、と音がした。砂利やら細かい木切れのようなものが吹き込んでいる。

携帯したスリッパを履き、室内に入る。昭和の日本家屋のたたずまいだ。床は朽ちてはおらず、安心して歩ける。家具らしきものはなく、蔦が内部にも侵入して床や柱を這《は》い、殺風景な屋内を装飾している。蜘蛛《くも》も負けじと芸術的な作品をあちらこちらに掲げている。

埃はあるものの人工的なゴミは見当たらない。去年の幽霊屋敷騒ぎで出たゴミは町内会で清掃したと中村会長が言っていたが、内部まできれいにしたのだろうか。食べ散らかしたものが腐ったり、火事でも起きたらいけないので、一度は中に入ったのかもしれない。百瀬は所有者の代理人なので、不法侵入と言われないよう、口にするのをはばかったのかもしれない。

一階は広い台所と、和室が三部屋あった。襖《ふすま》を取り除けば披露宴でも行えそうな大広間になる。すべてが埃だらけでくすみ、畳は傷んでいるが、家自体は昔ながらの贅沢な造りで、鴨居《かもい》や梁《はり》がしっかりと太く、白漆喰《しっくい》の壁も朽ちてはいない。どの部屋も自然光が入る造りで、今は夕日が差し込み、百瀬自身も朱に染まり、昔の風景に入り込んだ気分になった。結納やお食い初めの儀式が目に浮かぶ。今にも赤ちゃんの泣き声が聞こえてきそうだ。

赤ちゃんの泣き声は百瀬にとって心地よい音だ。青い鳥こども園で乳児の世話をした時も、百瀬は泣き声に生命の力を感じた。日本人は鈴虫の鳴き声を楽しむが、西洋人には騒音に聞こえるという。右脳で聴くか左脳で聴くかの違いで、快不快が分かれるのだ。赤ちゃんの泣き声や幼児の遊ぶ声が騒音に聞こえる人もいる。いくら「幸福の象徴だ」と言ってみても、そう聞こえてしまう人には苦痛でしかないのだろう。

風呂場を確認しようと、それらしきガラス戸を開けた。「ギャーッ」とすさまじい叫びが響き、何ものかがものすごい勢いで足元を駆け抜けた。

幽霊？

それは階段を駆け上がり、二階へ消えた。百瀬は動悸を抑えながら、必死で頭を整理した。何かいる。それは確かだ。幽霊は信じない。生きている何かだ。

日は落ちたらしく、部屋の中は暗さが増している。二階を確認するのは昼間のほうがいいが、明日も明後日《あさって》も仕事が詰まっている。この件について区役所にも行かねばならない。今日のうちに現状を把握すべきだ。

スマホをライト代わりにして、恐る恐る階段を上る。心臓がドキッドキッと音を立てる。二階は真っ暗で、スマホの光を当てたところだけがぼんやりと見える。板張りの床で、仕切られておらず、床一面に蔦が這っている。天井板はなく、斜めの屋根裏が見えて空間が広く感じる。天井板があれば断熱材代わりになるが、これだと冬は寒く夏は暑い。二階はロフトのような使われ方をしていたのではないか。見事な木組みで、梁が力強い。どこもかしこも蔦だらけで、蜘蛛の芸術は一階よりも賑やかだ。

スマホの光をゆっくりと移動させる。一番離れた隅に、光るふたつの目があった。

「ふーっ」と唸《うな》り声がする。

猫か？　いいや、デカい。白い鼻筋が光る。

オオカミ？　オオカミが何かをくわえている？　ネズミか？

「みぃ」

子猫だ！　子猫の声がした。オオカミが子猫をくわえている？

緊張が走る。鋭い牙で幼猫の喉にとどめをさされたらおしまいだ。スマホをスリープにし、光を落とす。相手を刺激してはいけない。

真っ暗になった。何もかもが見えなくなり、階段に這いつくばった姿勢で、「今何をすべきか」を必死で考えた。ドキッドキッが響く。

階下から鋭い声が飛んできた。

「泥棒！」

第二章　にんにゃんお見合いパーティー

「スイートルーム、スタンダード、ハウスがございます」

「どう違うんですか？」

「お泊まりのお部屋の広さが違います」

一木《いちき》月美《つきみ》はタブレットで画像サンプルを見せながら、客の返事を待つ。

黒い子犬を胸に抱いたごま塩頭の男は、サンプルを真剣に睨んでいる。

ここはペットホテルリッツ。動物専用宿泊施設のパイオニアで、常連客は親しみを込めてペリッツと呼ぶ。

国内のペットホテルは、動物病院が「あずかりもできますよ」と、ついで的に併設するささやかな施設がほとんどだが、ペリッツは宿泊に特化しており、五階建てのビルを占有している。何しろサービスが行き届いている。ペットたちは長時間閉じ込められることなく、共有スペースで遊ぶ時間がたっぷりとある。ペットと接するフロアスタッフは全員獣医師免許を持っているのが売りで、宿泊料金はお高めである。

一階は受付ロビーとトリミングサロン、二階から上が宿泊施設となっており、犬専用フロア、猫専用フロア、鳥類やげっ歯類、爬虫類《はちゆうるい》のフロアに分けられ、最上階はVIP専用で、国賓級の客が利用する。

帝王ホテルに隣接しているため、外国人客も利用する。海外旅行をペット同伴でしたいセレブや、出張にペットを同伴する国際ビジネスマンだ。ニューヨークはペット同伴で泊まれる高級ホテルがよりどりみどりだが、日本はひじょうに少ない。セレブな西洋人の間では「東京へ行くなら帝ペリ」と言われている。帝王ホテルに泊まり、愛犬は隣のペリッツへあずけ、歌舞伎や能を楽しむというのが、お決まりのコースだ。

月美は獣医大学の三年生で、受付業務のアルバイトをしている。ここでのアルバイトは実習扱いとなり、単位を貰える。大学の先輩から「ペリッツのバイトは勉強になる。そのかわりバイト代はスズメの涙だけど」と言われた。月美は「鳥類にも涙腺がある」という理屈から、「お金が貰えるんだ」と期待したが、実際には交通費しか出ない。「勉強になる」は本当で、受付業務では嫌というほどホモ・サピエンスを学ぶ。

月美が知っている現役の獣医師たちはみな、「動物より人のほうが扱いに困る」と言う。手術で救える命も「もういいです」と飼い主に言われれば、それまで、なのだ。逆に、息も絶え絶えの高齢ペットを持ち込み「手術で治して」と泣き叫ぶ人もいる。動物病院で働きたいなら、「まず人を学べ」と言われる。

さて、黒い子犬を抱いた男はまだ迷っている。このホテルの客にしては珍しく野暮ったい服を着ており、子犬はあきらかに雑種だ。次の客が待っているから、先へ進めたい。

「どのお部屋でお泊まりのわんちゃんにもフリースペースでの運動をたっぷりさせていただきます。ご希望でしたらお外の散歩もお受けいたしますよ。別料金になりますが」

「ハウスって、どんな部屋ですか」

「キャリーごとおあずかりして、夜はその中でお泊まりいただきます」

「キャリー？」

「ああいう感じのバッグです」

月美はソファで待つ客のキャリーバッグを指し示した。ロングヘアの常連客は優雅に足を組み、ヴィトンのキャリーバッグを携えている。バッグの中身はベンガル猫である。豹に似て野性的な外見にもかかわらず、気質は温厚だ。高価な猫なのにしょっちゅうあずけられている。

男は「ああいうカバンは持ってないなあ」とつぶやいた。

常連客をこれ以上待たせてはいけない、と月美は思った。その人はいつもブランドもので身を固め、濃い化粧をし、ネイルは奇抜で、茶髪のロングヘアは縦ロール、ピンクのメッシュが入っている。あきらかに夜の仕事のたたずまいだ。きっとこれから出勤で、急いでいるはず。ごま塩頭の受付をさっさと終わらせなくては。

「スタンダードのお部屋は一泊一万円です」

「一万円ね」

男はポケットから茶封筒を出して中を覗いた。

「何泊のご予定ですか？」

「一週間あずけたかったんだけど、足りないや」と男は困った顔をした。

月美は周囲を見回して、ささやいた。

「少し遠くになりますけど、もっと安いペットホテルがございます。ご紹介しましょうか」

「ありがとう、でも、ここがいいんだ。な、五郎」と男は犬に微笑んだ。

「五郎……ちゃん？」

「俺、今からすぐそこの病院で手術なんだ。一週間で退院できるって話だけど、五郎のこと心配だから病院をちょこちょこ抜け出して会いに来たいんだよ」

「あのう、手術ってこれからですか。大丈夫なんですか」

「大丈夫、簡単なやつだから」

「でも抜け出すなんてそんな」

「大丈夫、うまくやるから。だから近所のここがいいんだ。いくらだっけ」

「一週間だと七万円になりますが」

男は財布から七千円を出して、「とりあえずあるだけ置いてくわ。残りはあとでいいかな。今これしかないんで」と言った。

「カードは？」

「ポイントカードは持ってないよ。初めてだから」

「クレジットカードですよ」

「悪い。今現金しか持ってないんだ。取りに戻る時間がない。頼むよおじょうさん」

「困ります」と言おうとしたら、どんっと、目の前のカウンターにヴィトンのバッグが置かれた。

「クレオパトラをよろしく。いつものスイートルームで一週間」

常連客だ。待ちきれないのだろう、会員証とゴールドカードを並べた。

「おっちゃんの分と合わせて払う。さっさとしい」

「えっ」

月美はあわてた。男も呆気《あっけ》にとられた顔をしている。

「おっちゃん、七千円はしまっとき。入院したらちょこちょこ現金いるねんで。売店でアイスや雑誌買うたりするやろ」

「あの、その、お客様」

うろたえている月美に怒鳴り声が浴びせられた。

「はよしい！」野太い声。別人のようだ。

「は、はい。えーっと」レジ打ちの指が震える。

野太い声がたたみかける。

「スイートとスタンダード一週間、合わせて二十一万。それくらい暗算できんのか、ボケ！」

言葉は乱暴だが、笑顔だ。

月美はぴたっと指の震えが止まり、笑いをこらえながら会計作業を進めた。クレジットカードの名義はユウキゴロウ。おそらくこれが彼女の本名なのだろう。黒い子犬と同じ名前だ。だから助ける気になったのだ。

男は彼女に言った。

「金は返す。連絡先教えて」

「なにそれナンパ？　金のない男とは付き合わないからアタシ」

ユウキゴロウはウインクした。

ふたりの客は去り、五郎はドッグスタッフが、クレオパトラはキャットスタッフがそれぞれのフロアへ連れて行った。

月美は時計を見た。十六時。いつもは上がりなのだが、今月は隣の帝王ホテルで『にんにゃんお見合いパーティー』が行われており、スタッフが駆り出されている。だからバイトは二十時まで延長だ。

お見合いパーティーのポスターはリッツのロビーの壁にもでかでかと貼られており、「玉野みゅうも待ってるにゃん！」と魅力的なコピーが躍っている。玉野みゅうは超有名な声優だ。実物に会えるのだろうか？　スタッフが戻ったら聞いてみようと、月美は思った。

ロビーにひとり、黒ずくめの服装の男性が座っている。いつからいるのだろう。黒いニット帽を目深にかぶり、うつむいている。薄めのリュックを背負ったままで、キャリーは持っていない。ペットを抱いてもいない。引き取りに来た客だろうか。誰かと待ち合わせをしているのかもしれない。

　一階ロビーはガラス張りになっており、有名な家具デザイナーが作った巨大なソファが外から丸見えで、セルフ式のコーヒーが飲める。ここを待ち合わせに使う人がいるのだ。そういう人は未来の客だと思って、居心地の良い空間を提供しましょう、というのがホテルの方針である。泊まれるのはペットという条件以外は一流ホテルと同じ理念なのだ。

　月美はカウンターの内側でパソコンを見つめながら、売り上げの記録と領収書の控えを照合し始めた。ぴたりと合っている。ここまではいいのだが、問題はレジの現金だ。お釣りの受け渡しのミス、これがなかなかゼロにならない。もはや時代はキャッシュレス。さっきのような現金男がひとりでも減ることを願う。うーむ。千円札が一枚、二枚、三枚……。一万円札が……。珍しく合っている。ここまでノーミスである。

夜レジを締める時もノーミスだったら、仕事終わりにコンビニでスイーツを買おう。ダイエットのため一ヵ月我慢し続けたスイーツを解禁だ。何にしよう……プリン？　ケーキ？　大福？　口の中に唾液があふれる。

「一泊いくら？」

ハッとして顔を上げると、黒いニット帽の男が目の前に立っている。声は若いが、ニット帽と黒いマフラーで顔が覆われ、表情がつかめない。

「お部屋によって値段が変わります」

月美はタブレットで部屋の画像を見せる。

男はそれを見て「ベッドがないな」とつぶやいた。

「わんちゃんや猫ちゃんの大きさによってベッドを貸し出しいたします」

「ちゃんづけ気持ち悪い」

月美は口を閉じた。やっかいな客だ。

「ぼくを泊まらせてよ。ここに泊まりたいんだ」

よっぱらいだろうか。まだ明るいのに？　月美はカウンターの内側でこっそりスマホを操作し、スタッフリーダーに受付に降りてくるよう、文字を打とうとするが、男が目の前にいるので、手元を見られない。指が震える。

「冗談」と男は言った。

「部屋、見せてくれない？　サンプルじゃなくて、実際に見せて」

「ペットはお連れでないんですか？」

「利用する時のために見学して回ってるんだ。ほかでは見せてくれたよ」

「わかりました」と月美は言った。

目の前の男は未来の客だと自分に言い聞かせた。


梶佑介《かじゆうすけ》は慎重に珈琲《コーヒー》を淹《い》れている。サイフォン式だ。アルコールランプの炎で熱されたフラスコの湯は、沸騰するやいなや、いっきに上昇する。上に設置されたロート内の粉に湯が浸透してゆくさまを見極めると、竹ベラですばやく攪拌《かくはん》する。タイミングを逃すな。力加減にもコツが要る。うまくゆくと、ロートの中は液体と粉と泡の三層となり、ひじょうに美しい。それも一瞬のことで、ランプをはずすと、液体はフラスコに落ちてゆく。

梶は新宿西口徒歩七分にある喫茶エデンのウエイターだが、今は天下の帝王ホテルのラウンジで一杯千五百円のブレンド珈琲を慎重に淹れている。

エデンは勤続十年でバイトから正社員への道が拓《ひら》かれる。と言っても希望するものはまずいないので、手を挙げた梶は「十年にひとりの変わりもの」とオーナーに驚かれた。正社員を希望すると、帝王ホテルで半年の研修を命じられる。梶は今まさに研修生で、修業中の身というわけだ。

茶髪を黒く染め、ワックスでオールバックに決めている。白いシャツに黒スーツ、蝶《ちょう》ネクタイ、つるぴかの革靴。親に会っても息子だと気づかないだろう。

エデンではコーヒーはドリップ式で淹れる。サイフォン式を取り入れたこともあったが、効率が悪いとオーナーに却下された。素早く次々と提供するのがエデンの方針だ。味や香りは普通でいい。速さが命。新宿オフィス街で生き抜く鉄則である。

ところが帝王ホテルでは時間をかけ、値段に見合った味に仕上げなければならない。一ヵ月の修業を経て、本日サイフォン式を任せてもらえるようになった。

ドリップ式だと液体は上から下への一方通行だが、サイフォン式は上へ行って下へ戻って、やっと珈琲が生まれる。そう、「生まれる」のだ。手間と時間がかかるぶん、コクも香りも深い。あっさりした珈琲が好きならばドリップ、コクを求めればサイフォン。

透き通った水が戻るときには黒くなる。サイフォンの仕組みに梶は故郷を重ねる。会津を飛び出して上京した時、梶は若くて透き通っていた。東京で生きる、目的はそれのみ。たまたま飛び込んだ喫茶店の世界。短期アルバイトのつもりが十年。贅沢とは無縁の生活だが、機嫌よく生きている。なにしろ東京人を観察するのが面白い。様々な人を見て、会話を聞きかじり、妄想する。金を貰いながら短編映画を観《み》るようで、楽し過ぎる。

今、会津に戻れば、自分はこの珈琲のように真っ黒に見えるかもしれない。しかし透き通っていた頃よりも苦味ばしったいい男になったと思いたい。

エデンの客の会話で知ったが、東京は離職率が高いらしい。弱肉強食の就職活動の末、立派な会社に入っても、平均三年で辞めてしまうらしい。

梶は努力ゼロでエデンに入り、十年続いて不満もない。もはや天職だと思う。

任務は注文されたものを正しく運ぶ。シンプルイズベスト。客の人生を広く浅く傍観しながら、一生「運び屋」をやっていたい。

あたためておいた伊万里焼《いまりやき》のカップに珈琲を注ぎ、一〇〇％オレンジジュースと共に運ぶ。

「お待たせしました」

ブロンドの髪がまぶしい男女が微笑む。グリーンアイの女性から「メルシィ」と言われた。

西洋人というのはどうしてこうも堂々としていて、大人に見えるのだろう。おそらく二十代の夫婦なのだが、「メルシィ（ありがとう）」が「いい子ね、よくできました」に聞こえて、こちらはつい「ウイ、これからもがんばります」と胸を張りたくなる。

帝王ホテルのラウンジにいる客はエデンとは違う。身につけているもの、漂わせる雰囲気が違う。時間の流れ、最も違うのはそこだ。ゆったりと時は流れる。そのぶん勤務時間がやけに長く感じられる。つまり、結構……退屈だ。

大舞台で働いているという誇りは持てるものの、梶はやはり古巣が懐かしい。なにしろエデンにはひと組、気がかりなカップルがいて、梶はそのふたりのかたつむりのような歩みを見守ってきた。それはもはや趣味を超えて生きがいとなっている。

子どもの頃、夏休みの宿題に「朝顔の観察日記」があった。学校で育てた朝顔の植木鉢を持ち帰って観察しろというのだが、ばかばかしい。故郷では朝顔なんていたるところに咲いている。庭にも山にもあった。教科書は都会のもやしっ子向けにできているのだと腹を立て、白紙で提出したが、「かたつむりカップルの観察日記」を書けと言われれば、紙面をビシッと埋める自信がある。とにかくふたりは進展しない。しないが、そこがいい。突然飛躍するという裏技をやってのけるし、目が離せないのである。

ああ、研修中半年も観察できない。残念でならない。

女性のほうは梶より若そうで、勤め人らしく、制服を着て昼休みに友人とパフェを食べに来たりする。制服姿は清潔感がいっそう引き立つ。女神だ。そのお相手はむさくるしい四十男で、髪はくねくねだし、丸めがねがダサく、スーツは安物で、「なんでこんな男と女神が」と不思議であったが、ひょんなことから彼が弁護士だと判明。店で起こった赤ちゃん置き去り事件。その時に名刺をもらったので、百瀬太郎という名前も知った。その時梶はパニックになったが、百瀬は終始落ち着いていた。店側に責任を押し付けず、すべてを引き受けてくれて、「当然です」という顔をしていた。

あの時、思った。「ゆるキャラ」という言葉があるが、百瀬太郎は「ゆるしキャラ」だと。なにごとも「許し受け入れる」と決めてかかっているようで、悪党と遭遇してピストルで撃たれても、「当然です」と死んでゆくに違いない。

あれからしばらく百瀬という人間について考えた。それまで見てきた行い、たとえばプロポーズの日に下駄《げた》でくるとか、数々の奇行を思い返しながら考え続け、ある結論に達した。

「百瀬太郎は尊いゴミ箱である」

これだと膝を打った。嫌なものは放り込んでおけばいいし、放り込んでも放り込んでも満杯にならない、魔法のゴミ箱。そう思わせるくらい彼は心底「ゆるしキャラ」なのだ。

そして梶は納得した。「ゴミ箱だから神様がご褒美を与えたのだ」と。女神の正体はご褒美なのだ。

「今もエデンでふたり、仲良くお茶しているだろうか」と思いを馳《は》せる。

美女と野獣ならぬ、女神とゴミ箱。絵になる（梶的には）。

半年も経てばさすがに結婚してしまうだろうし、興味津々の新婚時代を見守ることができず、梶がエデンに戻る頃には女神のお腹がぱんぱんに膨らんでおり、赤ちゃんの誕生を待ちわびる、どこにでもいる幸せ夫婦になっているのではないか。そうなってほしいような、ほしくないような、揺れる気持ちを胸に、セレブで退屈な客と向き合う日々である。

「予約をした天川《あまかわ》ですが」

スーツを着たガタイのいい男に声を掛けられた。見上げるような大男で、髪は兵士のように短く、目はとろんとしている。『ゲゲゲの鬼太郎』のぬりかべのようなたたずまいだ。

「いらっしゃいませ。どうぞこちらへ」とすみやかに窓際の席へと案内する。

庭園が見渡せる席で、周囲との距離もじゅうぶんだ。予約の時に「見合いなので落ち着く席を」と注文がつくと案内する特等席である。

帝王ホテルのラウンジは見合いの定番として有名だし、庭園に近い席ほど成婚率が高いという噂もある。ホテルの広報部はインターネットの噂を常に調査し、現場に反映させている。正直、社長の顔色よりネットの口コミを重んじる傾向にあり、現場スタッフも当然、口コミサイトをバイブルとしている。

梶は「こちらでございます」と窓を背にした席を指し示し、メニュー表をそっとテーブルに置く。天川は座ったものの、不安そうに梶を見る。

「あの、この席だと上座になりませんか」

梶は微笑む。

「お相手がいらした時に気づきやすいですし、女性から庭園が見えますので、先にいらした男性にはこちらのお席をお勧めしています」

「なるほどそうですね。勉強になります」と天川はかしこまって言った。

こういう場所に慣れていないようだ。謙虚で好もしい男である。スーツは並のランク、ネクタイは結び慣れていないのか、曲がっている。靴はいいものだが、底が極端にすり減っている。梶は「見合いは難しいかもしれない」と思った。

女というものは信用ならない。イイヒトを見下し、ちょい悪を好む傾向にある。でもってなぜか結婚したとたん、夫の悪い部分しか見なくなり、結果、鬼嫁となる。それが女性の定番コースというのが、エデンで十年かかって情報収集した梶の考察である。

だからこそ、イイヒトを通り越したゴミ箱を選ぶエデンのあの女性は女神なのだ。

女神といえば、中学の美術の教科書に載っていた絵画。なんちゃらかんちゃらの女神という長たらしいタイトルの、でかそうな名画。中二の梶は、旗を掲げている女神の胸ばかり見て興奮していたが、大人になって電車の中吊《なかづ》り広告で遭遇したとき、横顔の美しさに心打たれた。のたうちまわる男たちを「こちらへ」と導いてくれる。勇ましさと冷静さをともなう美に、しびれた。足元で死んでいる男になって、彼女の太い足で踏み越えてもらいたいと願うほどだ。

ああ、百瀬太郎の彼女に会いたい。丸めがねを幸せにしてやってくれ！

十分ほどして、ラウンジの入り口に振袖姿の女性が現れた。梶は「天川のお相手だ」と確信して声を掛けた。

「ご予約のお客様ですか？」

女性は振り返り、「ええ、天川さんと」と言った。

「はあ？」

梶は世界が壊れる音を聞いた。

梶が固まってしまったので、女性は自力で天川を見つけ、「いたいた。よし、時間は守ってる。十点」とつぶやきながら、さっさと特等席へと行ってしまった。

梶は再び「はあ？」とつぶやいた。そしてまた「はあ？」とつぶやいた。

「何をはあはあ言ってるんだ」

ベテランウエイターの岸が背後からささやき、「減点」と嫌味を言った。

梶は姿勢を立て直し、任務を再開した。

客席全体を見回し、グラスの水を足し、珈琲がなくなっていたら「おかわりいかが」の声をかける。優雅な動きを意識して細やかなサービスを心がける。帝王ホテルでは常に「見られている」という意識を持ち、エレガントに振舞わねばならない。そしてタイミングを見て、特等席の客の注文をとりに行かねばならない。

タイミングを見て。そう、タイミングだ。

梶は特等席を見る。ふたりは立ってお辞儀をし合い、軽く言葉を交わした。天川がどうぞというふうに振袖の女性に着席を促し、女性は座った。

鉄板のパターンで見合いが始まった。

「いったいどうして？」

梶の胸は波を打つ。

「なにゆえ女神がぬりかべと見合いをするんだ？」

波が荒ぶる。

「いったいどうして！　いったいどうして！　いったいどうしたんだよ！」

梶にとってエデンで見かける黄金のカップルは、殺伐とした世の中を「捨てたものじゃない」と思わせてくれる希少な存在だ。生き馬の目を抜く東京で、馬のオトシモノを踏んづけても「まいったまいった」と笑っているようなふたり。希望の星だ。

それなのに。それなのにだ。

女神はこれ以上ないほどめかしこんで、見合いの席にいる。相手は感じがいい男だ。スーツは並だが、百瀬の服よりはだいぶマシだ。たぶんいい旦那になるだろう。そこそこいい暮らしができるだろう。エデンじゃなくて帝王ホテルでランチが食えるだろう。

やはり百瀬太郎じゃだめなのか。

弁護士だけど貧乏だからだめなのか。

身体貧弱、髪くねくね、めがねがダサいとだめなのか。

ゴミ箱だからか？

他人のゴミを家庭に持ち込まれてはたまらんってか？

わからないでもない。

腹が立ってきた。女神にではなく、百瀬にだ。

「あいつがやらかしたに違いない。女神に愛想をつかされる致命的な何かをやらかしたのだ」

そうに違いない。

「ふんむう！」

「いったいどうした」

岸に腕をつかまれた。

「顔が怖いぞ。今日はもう帰りなさい」

勤続六十年の岸は、八十歳にしてすごい握力だ。

「すみません、やります。やらせてください」

梶は唇を噛《か》み締《し》めた。


「初めまして、大福亜子と申します」

「天川悠之《ゆうの》介《すけ》です。今日はよろしくお願いします」

大福亜子は微笑みながらも脂汗をかいていた。振袖を着るのは成人式以来十年ぶりで、動きにくさに辟易《へきえき》する。草履の鼻緒が足指の間に食い込んで痛いし、座っても帯が邪魔で背もたれに寄りかかれない。二十歳の頃は晴れ着がうれしくて、息苦しさとか足の痛みとか全然気にならなかったのに。トシだ。もう若くはないのだ。

天川は「どうぞ」とメニューを開いて亜子に差し出した。

「ありがとうございます」

亜子はメニューを見て言った。

「わたしはミルクティーにします」

天川はすっと片手を挙げ、近づいてきたウエイターに「ミルクティーと珈琲を」と伝えた。ウエイターは水の入ったグラスを音を立てて置き、返事もせずに去った。

天川はささやく。

「ぼく、何か失敗しましたか？」

「いいえ。天川さんは完璧です」亜子は顔をしかめた。

「感じの悪いウエイターですよね。わたしがここに来た時も席に案内してくれませんでした。こういうささいなトラブルは見合いにつきものです。必ずあると思ってください。柔軟に対処すれば、お相手は天川さんに好感を持ちます。ピンチはチャンスです」

「なるほど、ピンチはチャンス。勉強になります」

「では引き続き、どうぞ」

天川はグラスの水をひとくち飲み、姿勢を正した。

「いい天気ですね」

「ほんとうに」

「えっと、ですね、うーんと、大福さんのご趣味は何ですか？」

亜子はおだやかに応える。

「趣味と言えるものはありませんが、最近引越しをしたので、お休みの日は荷物を整理したり、家具のレイアウトを考えたりしています」

「家庭的なんですね」

「天川さんは休日をいかがお過ごしですか？」

「うちでさぼてんを眺めています」

「さぼてん……」

「さぼてんはいいですよ。たいして世話をしなくても死にません」

「お休みの日はご家族とゆっくり過ごされるということですね」

「あいにく一人暮らしなので」

「お友だちと遊びに行ったりは？」

「非番でも緊急に呼び出しがかかるので、人と約束するのが億劫《おっくう》で」

亜子はさりげなく黄色いハンカチをテーブルに置いた。天川は頭を掻《か》く。黄色いハンカチはイエローカードだ。

亜子は「人としてダメということではありませんよ」とフォローした。

「お見合いには忌避すべき言葉があるんです。人と約束するのが億劫、という言葉だけを切り取ると、ネガティブな印象を与えかねません。お見合いそのものを億劫だと思っていると受け取るかたもいらっしゃる。次のお約束をやんわり断られたように思い、傷つくかもしれません」

「ああ……」

「世話をしなくても死なない、というのもいけません。放っておける丈夫な奥さんを求めている、そんな印象を与えます。もちろん、天川さんがそんなつもりでおっしゃったのではないと、わたしは理解しています。だって結婚相談所の担当アドバイザーですからね。しかしお見合いのお相手は違います。お相手はあなたを査定するだけではなく、あなたに査定されているという怯えもあるのです。男女平等の社会と言っても、婚活業界では男性が女性をいたわる姿勢が評価されます。お相手を傷つけず、へりくだる。それがお見合いの会話の心得です」

「難しいですねえ」

天川は苦笑した。

「さぼてんもトゲトゲしくて、攻撃的に見えますかね。雰囲気を壊すかもですね。何か気の利いた趣味があるふりをしましょうか。映画鑑賞とか」

「いいえ、嘘《うそ》はいけません。とりつくろっても長続きしませんし、正直でいいのです。ですからここは、非番でも呼び出しに備えて孤独に耐えてます、とか」

「なるほど！　孤独に耐えているのは事実です。表現のしかたで印象ががらりと変わりますね」

「でしょう？　孤独だから家庭を持ちたいというポジティブなメッセージになります」

「滅茶苦茶《めちゃくちゃ》勉強になります」天川は頭を下げた。

いつの間にかウエイターがそばに立っており、無言で珈琲とミルクティーをテーブルに置き、去った。機嫌の悪そうなウエイターだ。

帝王ホテルのラウンジは成婚率の高い見合いの場として、会員に広く勧めてきたが、ここにきてウエイターの質が落ちたようだと亜子は思った。

亜子はナイス結婚相談所で成婚率トップの成績を認められ、プラチナアドバイザーの称号を賜り、プラチナ会員専属となった。年会費が高額な会員専属のアドバイザーである。

社長が考案したプラチナプランには、模擬見合い体験という会員向けのサービスがある。プラチナアドバイザーがこうして見合い相手に扮《ふん》して、会員に見合いのマナーやテクニックを実技で伝授するのだ。

模擬見合いに臨場感を出すため、振袖を着てきた。社長の指示だ。振袖手当が欲しい。苦し過ぎる。

イマドキの見合いは洋装が標準だが、セレブの世界では古典的様式がいまだに好まれている。男女ともめかし込むことにより本気度を表現する。相手の目を楽しませるという、おもてなしの心を表現できる。

天川悠之介はもともとエコノミークラスの会員で、見合いを三回連続断られた。身内の意向でプラチナ会員となり、亜子が新しく担当することとなった。亜子はまず模擬見合いで天川を知ろうと思った。原因を探らないと次の手が打てないからだ。

プロフィールデータによると、天川の職業は国家公務員で、収入は手堅く、官舎に住んでおり、借金はない。柔道黒帯で健康優良。好条件だ。

実家は私立幼稚園を経営しており、しっかりものの姉が継いでいる。その姉が「四十前に身を固めなさい」と、本人をせっついてナイス結婚相談所に登録した経緯があり、高い会費もすべて姉が払っている。天川は三十九歳。姉の目から見て「弟には出会いがありそうにない」と思えたのだろう。

三回連続うまくいかなかったのは本人にその気がないからではないかと亜子は疑っている。紹介するお相手のためにも、本気度を確かめる必要がある。

「柔道黒帯って、どれくらい強いんですか？」

「たいしたことはありません」

「黒帯って、どういう意味があるのですか？」

「初段で黒帯を付けられます」

「天川さんは初段？」

「ぼくは……五段です」

「えっ、すごい」

天川は頭を掻いた。

「三段と答えたほうがいいですかね？」

「嘘はいけません。それより、プロフィールに柔道五段と書いたほうがいいんじゃないですか。特技ですよね」

「柔道なんて日常生活に何の役にも立ちませんよ。ほかにできることはそうですね、料理はします。普通に飯を炊いたり、野菜炒《いた》めとかね。たまに餃子《ぎょうざ》も作るし」

「料理、いいですね。餃子を作るなんて立派じゃないですか。趣味欄に料理と書きましょう」

天川は困った顔をした。

「それはちょっと。料理が趣味の人って、餃子の皮まで作るでしょう？　そこまで凝りません。料理はしかたなくやっているだけで、作ってくれる人がいれば喜んで食べる係になりますよ。とにかく、非番の日はぼんやーりしていますね。ぼんやりデーです」

「結婚、なさりたいんですよね？」

「そりゃあもう。恋愛するガラではないし、結婚したいです」

「どうして結婚したいんですか？」

「子どもが好きなんですよ。実家が幼稚園経営していたこともあって、小さい子がわあわあ騒いでいる声とか、好きなんです。子どもが部屋を駆け回って、こう、ペットなんかもいてですね。さぼてんだけじゃなくて手のかかる観葉植物もふんだんにあって、的な。庭には花壇とか。賑やかであったかい家庭を夢見ているんです」

「そういうこと、お見合いのお相手に話しましたか？」

天川は首を横に振る。

「仕事柄、育児休暇は取れそうもない。制度としてあっても、現実的には無理です。自分が子育てに協力できないのに、奥さんに子どもが欲しい、産んで育ててほしい、ペットも、観葉植物もだなんて、とても言えません」

「なるほど」

「正直あきらめているんです。結婚する資格がない。プライベートに時間を割く余裕がありません。姉がね、登録してくれたので、三度見合いしましたけど」

「どうしてだめだったんでしょう？」

「一回めは遅刻。二回めは途中で退席しました。すべて緊急の呼び出しがあったのです。三回めは最初から最後までいましたが、相手が途中で帰ってしまいました」

「どうして？」

「喫茶店で居眠りしちゃったんです。二日徹夜だったので、もうへろへろで。あ、今日は大丈夫ですよ。珍しく睡眠四時間確保できたし、朝から珈琲を三杯飲みまして、今もほら、珈琲ですし、カフェインでなんとか目を開けています。模擬見合いまでしていただいたのに、覇気のないことを言って申し訳ないんですけど、もうぼくに見合いをセッティングしてくれなくていいです。お相手に悪いですから。姉の顔を立てて、あとしばらく在籍だけしておきますよ。幽霊会員ってことで」

「幽霊はいけません。生きているのに」

「はあ」

「天川さん、わたし、天川さんのこと誤解していました」

「誤解？」

「ええ、結婚したくないのかと思っていました。お話を伺って、よーくわかりました。天川さんは結婚に向いています」

「ぼくがですか？」

「ええ、長年アドバイザーをやっているわたしが言うのですから、信じてください。天川さんのようなかたと結婚したい女性は一定数います。旦那さんに外で働いてもらって、家の仕事はすべて自分に任せてほしいという女性は、いつの時代もいるんですよ。経済的基盤が必須条件になるので、社会で声をあげにくくなっていますけど、女性のすべてがイクメンを望んでいるわけではないんです。逆に子育ての主導権を握りたい女性だっています。男女差別的思考ではなくて、夫婦で役割分担しましょう、という考えです。男女の関係って、トレンドだけでは語れない部分があるのです。あと一回だけ、わたしにチャンスをください。天川さんにぴったりの女性を探しますから」

天川は曖昧な顔をして、「そこまでおっしゃるなら」と言った。亜子の手腕を信じきれていないようだ。亜子はこういう時こそ「なにくそ」とやる気が出る。

「天川さん、模擬見合いの続きですが、場所を変えましょう。お見合いの時は、話が滞ったら、場所を変えるのをお勧めします。こうして向き合って話すより、移動しながらのほうが、フランクに話せます。二階の宴会場に行ってみませんか？」

「何かイベントやってるみたいですよね」

「お見合いパーティーをやっているんです」

「お見合い？」

「猫と人間のお見合いパーティーです」

「へえー」

「ペットのいる家庭がいいとおっしゃったでしょう？」

「はい、動物は好きです。仕事柄家を空けることが多いので今は飼えませんが」

「お見合いの相手とイベントに参加することで互いの理解が深まります。結婚って、イベントの連続ですからね。結婚式、出産、子どもの入学式、ね？」

亜子は物知り顔でしゃべりながら、自分はすべて未経験だなと思った。

「なるほど、勉強になります」と天川は素直に言った。

亜子は確信した。ぴったりのお相手が見つかったら、いい家庭を築ける人だと。素直に人の話を聞ける。これが人としての基本だ。

ピポピポピポと電子音がした。

天川はジャケットの内ポケットからスマホを出し、険しい顔で耳に当てた。「すぐいく」と低い声で答え、財布を出そうとしたので、亜子は止めた。

「結構です、ここは経費なので」

天川はあっという間に消えた。巨体なのに身のこなしが素早く、忍者のように消えてしまった。見合い中にスマホの電源を切っていなかった。女性を置き去りにして任務を優先した。天川悠之介はそれでいいのだと、亜子は思った。


突然自由になってしまった亜子は会計を済ませ、二階の宴会場を覗いてみることにした。獣医の柳まことから、「ホテルで猫の譲渡会をやる」と聞いていたが、いったいどんなふうに開催されるのか、想像がつかない。

たどり着くと、ハリウッドスターの来日記者会見にも使われる大宴会場で、『にんにゃんお見合いパーティー』という大看板が目に入る。入り口には招き猫の着ぐるみを着たスタッフが、おどけた仕草で迎えてくれる。

「ご自由にごらんくださいにゃあ。来て見て遊んでにゃあ。家族になってくれにゃいかにゃあ」

人気声優の玉野みゅうの声が会場に響き渡る。独特の声なのですぐにわかる。思い切って予算をかけたなと亜子は驚く。だって、天下の玉野みゅうだ。あらかじめ録音された音声なのだろうか。どこかの部屋からリモートで参加しているのだろうか。

玉野みゅうは『猫ノオトシモノ』という大ヒットアニメ映画で主役の白猫ゆるりの声を担当し、人気沸騰。生まれたてのような透明感と少女のような甘やかな声質、滑舌は青年のように凜々《りり》しく、余韻のある抑揚。過去の出演作は不明だが、新人にしては巧みだ。姿は見せず、経歴は謎。性別も年齢も非公開。ファンクラブでは勝手に美少女アバターを作っている。

宴会場にはさまざまな大きさのケージや透き通ったパーティションがあり、猫が数匹ずつ、ときには単体で展示されている。まるで動物園だ。

アメリカンショートヘア、メインクーン、シャム、ペルシャ、アビシニアン、チンチラゴールデン。純血種ばかりが目につく。血統書も掲示されている。

ペットショップで売れ残った猫たち。生後一年くらいの若い猫たち。赤ちゃん猫と違い、種による特徴がはっきりする時期なので、猫好きにとってはまるで見本市。賑わっている。

亜子が手伝っているＮＰＯ主催の譲渡会では、里親に条件を課す。養育環境が整っているか、家族全員が猫を迎えることに賛成しているかを確認して、誓約書にサインを貰う。希望者が高齢の場合は猫を看取るのが難しいのでご遠慮願う場合もある。

この会場にはそういった厳格さがカケラもなく、ゆるい空気が流れている。お祭りのように浮かれた雰囲気だ。遊び半分に立ち寄って、出来心で持ち帰ってしまい、覚悟もないまま暮らし始める……という流れになってしまいそうで、亜子は不安になる。

笑みがこぼれる人々。賑やかな笑い声。

しだいに亜子の不安は薄れてきた。きっかけはどうであれ、こうして人と猫の距離が縮まるのは、悪くないのではないか。暮らしていくうちになくてはならない存在になる、そういう関係もあっていいかも。猫と暮らすって、本来楽しいことなのだから。

奥に十数匹の猫とふれあえるコーナーがあった。

若いカップルがハイテンションではしゃぐ横で、三毛猫を抱いて静かに微笑んでいる老夫婦がいる。婦人が猫を抱き、夫らしき人が古そうなカメラを構え、シャッターを切っている。

ふれあいコーナーの猫たちはほかと違って雑種だ。高齢猫もいる。通常の譲渡会で見かける猫と変わらない。亜子は老婦人が抱いている三毛猫が気になって覗き込む。

猫を抱いた老婦人が驚いたように亜子を見た。

「あらお嬢さん、素敵なお振袖。猫の毛がついてしまうわよ」

「その三毛猫」

「この子面白いでしょう？　お顔の模様が般若《はんにゃ》みたいで」

「ハンニャって言うんです」

「え？」

「ハンニャです、その子の名前」

その猫の名前は亜子が付けたのだ。

先月仕事帰りに百瀬法律事務所に寄ってみたら、猫が増えており、「次々と猫が来るからもう名前を考えられない」と七重が言うので、顔の模様と独特な鳴き声「はんにゃあ」から、亜子がハンニャと名付けた。

なぜハンニャがここに？

よく見ると、ふれあいコーナーの猫はすべて百瀬法律事務所の猫に似ている。いや、似ているのではない、そのものだ。野呂デスク守衛のボコはいない。ゴッホもいないが、たしかに事務所の猫たちだ。

数匹を譲渡会に連れて行くことはあるが、ほぼ全部だなんて。どうしたことだろう？

「引き取るかどうか決めかねているのよ」と老婦人がささやく。

「わたしたち年寄りでしょう？　看取れる猫がいいの。この子はまだ若そうよねえ」

「たしか十歳。シニアの仲間入りをしたところです」

老婦人はぱっと明るい顔になった。

「なら大丈夫ね。昨日ここで黒猫さんと見合いが成立したの。十五歳ですって。人間にすると七十六ですってね。それならなんとか最期まで一緒にいられると思ったの」

亜子の脳裏に野呂の顔が浮かんだ。

「じゃあボコはお宅にいるんですか？」

「ボコ？」

「その黒猫はボコという名前なんです。この子はハンニャ。この子たちをあずかっていた場所に出入りしていたものだから、気になっちゃって」

「まあ、そうなの。ボコちゃんはまだうちには来ていないの。わたしたち今、このホテルに泊まっているのよ。高崎ってご存知？」

「だるま弁当がおいしいところですね」

老婦人はうれしそうにふわりと笑った。

「そう、高崎の温泉街で小さな食堂をね、ふたりで六十年間きりもりしてきたの。観光客向けの洒落《しやれ》た店ではなくて、温泉街で働く人たちが食べる朝ごはん、お昼ごはん、夜ごはんを提供していたの。忙しかったわあ。食べ物を扱うのでね、動物は飼えなかった。去年わたしたち喜寿を迎えたので、暮れにお店を閉めたの。お正月に家族が集まった時にね、息子たちがおつとめごくろうさまでしたって、こんな立派なホテルをね、一週間もとってくれたんですよ。生まれて初めてですよ、こんな立派なホテルに泊まるなんて」

「お幸せですね」

老夫婦はにっこり笑った。というか、ずっと笑っている。ふたりともスマイルマークに似ている。六十年間お客に笑顔を振りまいてきて、スマイルが真顔になってしまったのだろう。百瀬とふたり、いつかこんな夫婦になれたらいいなと亜子は思った。

「でもわたしたち贅沢になれてないから、東京でどう過ごしたらいいかわからないの。デパートを覗いたら、目玉が飛び出すような値段のものばかりだし、映画館に行っても、今はシネコンて言うの？　映画が何種類もあって、チケットの買い方もわからない。おのぼりさんだから、街を歩いていても、若い人に迷惑かけるばっかりで。カメラをね、盗まれてしまって」

「ええっ」

「若いお嬢さんが取り戻してくれたんです。いさましいお嬢さんで、大切なお顔に傷までこしらえてカメラを守ってくれました。わたしたち、反省しましたの。年寄りはうろうろしてはいけない。若い人たちに迷惑をかけてしまうって。だからホテルでぶらぶらしていたんですよ。そうしたらねえ、こんな楽しいイベントに出会えて、もう夢中。入場料無料ですしね。わたしたち、昨日からずっとここにいるんです」

「ボコは今どこにいるんですか？」

「このホテルの隣にあるペットホテルであずかってもらっているんです。ペットにホテル代がかかるなんて思っていなかったものだから、わたしたち外食をあきらめて、コンビニでお弁当を買って部屋で食べることにしたんです。おいしいですよ、コンビニのお弁当。召し上がったことある？　お嬢さん」

「はい、好きです、コンビニ弁当」

「大きなベッドに座って、テレビを見ながら、ふたりでコンビニ弁当を食べるんです。お行儀悪いでしょう？　バチ当たりな贅沢をさせてもらっています」

亜子は微笑む。つつましくて素敵な夫婦だ。

「一匹じゃさびしそうだから、今日もここで選んでいるんです。明日帰るので」

そばで黙っていた夫がぼそっと言った。

「東京土産に猫を連れ帰ったら、息子たちびっくりするぞお。高崎にも猫はうろうろしてるからなあ」

「東京旅行の思い出ですもの、特別な猫だわ」

息子夫婦が車で迎えに来てくれるので、猫二匹を連れて帰るのは問題ないと言う。

ボコとハンニャは仲がいい。こんな穏やかな夫婦に引き取られたら、あの事務所にいるより幸せだろうと亜子は思った。一方で、野呂は寂しくないのだろうかと心配になる。

ふれあいコーナーを出たら、白衣を着た柳まことが通り過ぎた。すごい勢いで会場を出て行こうとしている。

「まこと先生！」

まことは足を止め、振り返った。

亜子は草履で痛くなった足を引きずりながら、やっと追いついた。

「百瀬さん、猫を手放すの承知しているんですか？」

「話は通してある」

「でもいきなり全部だなんて」

「猫たちが幸せになるならいいってさ。あいつはドライだ。それよりその格好、とうとう結納？　おめでとう」

「あっ、違うんです、これは」

「百瀬先生はどこ？」

「いえ、今日は百瀬さんと一緒じゃなくて」

「ひょっとして見合い？　亜子ちゃんスペアキープする気？　成田《なりた》離婚って聞くけど、同居離婚か。どんなに好きでも一緒に暮らすと嫌なとこが見えてくるものだよね」

「百瀬さんに嫌なとこなんてありません！」

「はいはい、ごちそうさま。ごめん、問題発生中なんだ。んじゃ！」

まことは白衣を翻して消えてしまった。


百瀬太郎は寝袋に収まり天井を見つめていた。

はじめは真っ暗だったが時間が経つと目が慣れてくる。明かり取りの小窓から入る街灯の光で天井の木目がぼんやりとだが見える。蜘蛛の芸術も健在だ。

静かだ。静か過ぎて遠くの音が聞こえる。隣の家の「お風呂入りなさーい」の声。きんぴらごぼうのおかあさん。家庭の声だ。

ここは幽霊屋敷一階の和室である。初めて訪れた日から五日が過ぎた。新宿区役所にも行き、所有者の代理人として善処する約束をした。区の協力を得て登記簿や住民票の履歴を確認し、さらに範囲を広げて聞き取りもして、わかったことがある。

ここは千住澄世の父が所有していた家に相違ない。澄世が三歳の時に名義変更され、澄世名義となった。その頃に両親が離婚したので、財産分与の一部だったようだ。この家の固定資産税は父が払い続けており、父の死後も遺言により引き落としの手続き等は税理士が行っている。名義変更時、この家は貸し家で、借家人が払う家賃は澄世の口座に振り込まれていた。税理士が言うには、去年亡くなった澄世の母親はそのことを承知していた。澄世本人にも当然伝わっていると税理士は思っていたそうだ。

この家を建てたのは父親の父、つまり澄世の祖父だ。築七十年でびくともしない希少な日本家屋である。はじめは千住家が暮らしていたが、事業で成功した祖父がさらに大きな家を建て、そちらに移り、この家は貸し家となって、さまざまな家族が暮らした。例の篠乃木家もだ。三十五年前に婚礼があり、その五年後にお食い初めをした一家。しかし篠乃木家はやがて賃貸契約を解約。その後しばらく借り手がつかず、二年後に借り手がついたが、すぐに出て行った。次の借り手も長くおらず、二十五年間空き家になっている。鈴木という借り手はいなかった。郵便受けの鈴木は誰だという「わからないこと」が発生。そのほかにもわからないことがある。

真夜中に訪れる黒い服の男だ。向かいの西岡だけでなく、少し離れたところに住むサラリーマンが飲んだ帰りに屋敷の前を通って、すれ違ったことがあると証言した。幽霊屋敷から出てきて、駅の方向へ歩いて行ったというのだ。ひょろりとした若そうな男に見えたという。

やはり、いるのだ。ひょっとしたら会えるかもしれないと、ひと晩泊まってみることにした。部屋自体は深々《しんしん》と冷えているが、寝袋のおかげでなんとか過ごせる。百瀬はもともと体温が高いので、寒さには強い。

ピコーン、と音がした。床に置いたスマホを見ると亜子からのＬＩＮＥだ。

「今どこにいますか？」

「幽霊屋敷です」とかじかむ手で返信。

「帰宅は何時になりますか？」

「明日の夜になります」

「は」

しばらく待ったが「は」のままである。

あれっと思った。「は」って何だろう？　百瀬は仰向けの姿勢なので前頭葉にじゅうぶんなすきまがあるからすぐにわかった。「い」を打ち忘れたのだ。「はい」だ。

会話は終わったと考え、幽霊屋敷に頭を戻す。

わかったこと。

裏手の老夫婦が飼っている「ひい」と「ふう」と「みい」は五匹である、ということだ。老夫婦が嘘をついたわけではない。気づいていないのだ。

このあたりには五匹の成猫が生息しており、裏手の夫婦はそのうち三匹を「うちの猫」と思い、ご飯を与え、毎晩戸締りの際に家に招き入れている。その「ひい」と「ふう」と「みい」は、白猫と黒猫と三毛猫と茶トラとハチワレで、雄が二匹、雌が三匹だ。五匹のうち三匹だけが毎晩裏手の家で過ごしているが、三匹の内訳は入れ替わっているようだ。

このあたりに生息するのは猫だけではない。

五日前のあの日、二階で百瀬が目撃したのはハクビシンで、幽霊屋敷に住んでいる。ハクビシンがくわえていたのはひいふうみいのいずれかが産んだ子猫だ。

ハクビシンはジャコウネコ科で肉食である。古くは江戸時代の文献にも見られる生物だが、遺伝子解析により外来種と結論づけられた。百瀬は剝製を見たことがあるが、実際に遭遇したのはあの日が初めてだ。ネコというより、タヌキに近い風貌だ。

ひいふうみいのいずれかが幽霊屋敷の風呂場で子猫を五匹産んだ。母猫は老夫婦の家に閉じ込められてしまう日があり、真冬のひと晩を子猫だけで過ごしたため、寒さで四匹は亡くなり、一匹だけが生き残った。その一匹が生き残れたのはハクビシンのおかげで、百瀬が風呂場を覗いた時、ハクビシンは外敵から守ろうと、子猫をくわえて二階へ逃げたのだ。

この話を教えてくれたのは隣町に住む少年だ。

子猫をくわえたハクビシンをオオカミだと思ってひるんだ百瀬に、階段下から「泥棒！」と叫んだのは、銀縁めがねをかけた少年で、スピッツを連れていた。シロだ。

百瀬が下に降り、この家の持ち主の代理人弁護士だと告げると、少年はほっとしており、区立小学校へ通う小学四年生で、中村会長の孫で、隣町に住んでいた。

「百瀬先生だね。じいじから聞いた」と言った。少年は中村駿太《しゅんた》と名乗った。

「ハクとぼくでミケランジェロを育てているんだ」と神妙な顔で言った。

子猫は三毛なのでミケランジェロと名付けたと言う。「ほかの子は冷たくなっていて、あたためたけど生き返らなくて、幽霊屋敷の庭に埋めた」と言う。

「死体を触るの怖くなかった?」と聞くと、「なんで怖いの? 生きてても死んでても猫は猫でしょ」と駿太は言った。「幽霊だって怖くない。もとは人間でしょ」と言うのだ。

百瀬はうなずいた。自分の感覚と似ている。多くの人が生物の死体を恐れたり、穢《けが》れたもののように扱うのを幼い頃から不思議に思っていた。

この家が空き家になったきっかけも事故物件だからだと聞いた。

登記簿や住民票には記載されておらず、過去の新聞記事にもそれらしい記録がないが、不動産関係者に聞くと、眉をひそめて「過去に事故物件扱いだった時期がある」と言う。

殺人、自殺、火災等の死亡事故や孤独死の現場になった家を不動産業界では事故物件と呼ぶ。すると不動産価値が下がってしまい、所有者は経済的打撃を受ける。アパート経営者が一人暮らしの老人に貸すのを避けるのも、事故物件になるのを恐れてのことだ。国土交通省が作ったガイドラインで告知義務は三年としているが、今は事故物件サイトがあるため、長く影響を引きずってしまう。

東大法学部で百瀬と同じゼミだった寺本鈴男《てらもとすずお》は現在早稲田大学法学部の教授で、法哲学を教えている。彼に事故物件の法的位置付けについて尋ねたら、顔を曇らせた。

教え子の実家が経営しているアパートがブラックハウスに載ってしまい、借り手がつかず、古い情報なので削除できないだろうかと相談されたことがあるという。寺本が直接サイトの運営者に交渉したが、「間違いなら消すが、正しい情報は削除しない。不動産取引における国民の知る権利を守るためであり、公共の利益だ」とつっぱねられた。

寺本は業務妨害の線で戦えないかと考えた。サイトの情報により減ったであろう収入を数値化して損害賠償額を請求できると考え、訴訟を提起したが、裁判が始まる前に教え子の実家は経営破綻し、なんと経営者である父親がそのアパートで自殺してしまった。残酷なことに、ブラックハウスに二重記載されてしまうこととなり、教え子はショックで大学に来られなくなったという。

さて、駿太だが、動物や昆虫が好きなのに、飼ったことはないという。母親がアレルギー体質な上に虫が苦手なのでカブトムシすら育てることを禁じられているという。手元に置いてとことん観察したいが、「両親の理解が得られず」とおとなびた言い方をし、自然界の生物を観察したくて、学校帰りにあちこち寄り道しているという。近隣はほとんどがアスファルトに覆われていて、出会える生物は限られている。

祖父が町内会の仕事で幽霊屋敷の話をするようになり、「パトロールをするなら番犬を飼ったら？」と勧めて、シロを手に入れた。祖父がシロとの深夜のパトロールで幽霊屋敷に群がる若者たちを追い払ったのち、駿太はシロの散歩を引き継いだ。散歩中にシロが幽霊屋敷の中に何かいると教えてくれて、ハクビシンを見つけたと言うのだ。

百瀬は五日前の駿太との会話を思い出す。

「シロは吠えなかったし、ハクも吠えなかったよ。匂いを嗅ぎあって、平和的に離れた。ハクは飢えていなかったんだ。幽霊屋敷は蛇やトカゲがいる。ネズミもいる。餌は豊富だからね。ぼくにとってここは図鑑の中。蜘蛛の巣綺麗でしょ」

「蜘蛛の巣は芸術だよね」

「ぼくのおかあさん、ここに来たら卒倒しちゃうと思う」

「女性は虫が苦手だよね」

「おかあさん、ゴキブリ出ただけで、わあわあ騒ぐんだ」

駿太は子どもらしい子どもだ。知識は同年代の子よりも豊富だが、まっすぐで明るい。屋敷の中には若者たちが散らかしたゴミがあったので、少しずつ家に持ち帰って母に見つからないように捨てたと言う。吸収盛りの脳を抱え、ひょっとすると周囲と話が合わないかもしれない。家族にも理解されない部分があるかもしれない。しかし、祖父にも両親にも愛されており、駿太も家族を理解して、ゆえに隠しごともする。幽霊屋敷に出入りしていることも、ハクのことも、大人たちに内緒なのだそうだ。

百瀬は思う。子どもの嘘や隠しごとは成長の証《あかし》だ。自分の身を守ったり、時には他を守るために、生まれて初めて手に入れる武器。それが嘘だ。

成長して強くなれば、武器は減らすことができる。年齢を重ねるほどに武器を増やしている人は、子どもの道具を振り回している悲しい大人だと百瀬は思う。

ひいふうみいたちも幽霊屋敷には出入りしており、ハクビシンとも喧嘩《けんか》をせず共生していると駿太は言う。この冬、駿太は風邪を引いてしまい、しばらく幽霊屋敷を覗いていなかったが、久しぶりに来たら子猫が五匹も生まれていて、驚いた。猫の出産は春から夏にかけてが多いからだ。ハクビシンは雑食なので子猫を食べるかもしれないと思ったが、「それも食物連鎖でしかたない」と駿太は考えた。雪が降り続いた日の翌日、母猫はいなくて、ハクビシンが代わりに子猫たちを温めていて、でも四匹はすでに冷たくなっていた。「はじめハクが殺したのかと思ったけど、どの子も傷がなくて、冷え切っていた。凍死だと思う」と駿太は言った。

「裏のおじいちゃんたち、猫が子どもを産んだの知らないから、家の中に一晩中閉じ込めちゃうんだよね。でもぼく、ハクがなぜ子猫を温めていたのかわからない。本能に従ったら、食べちゃうよね。子どもを育ててみたかったのかな。それなら手伝おうとぼくは思った。それで、子猫にミルクをあげたんだ」

駿太はハクビシンや子猫をペットとは思っていない。だから餌をやるという発想はそれまでなかった。ハクとミケランジェロという名前は、その日に付けたそうだ。

「名前を付けると図鑑から飛び出してくるね」と駿太は言った。ハクは駿太が来ると別の部屋へ隠れるが、駿太が子猫にミルクをやるのを陰から見ているという。「仲間と認めてくれている」と駿太は誇らしそうだった。

今夜ハクは二階にいる。ミケランジェロをくわえて二階に上っていった。百瀬はまだ仲間と認めてもらえず、警戒されているのだ。

外からは死んだように見える幽霊屋敷。蔦も蜘蛛も蛇もトカゲもこの家で生を営んでいる。ハクとミケランジェロにとっては風雨を凌《しの》げるわが家だ。

百瀬はハクの存在を区役所にも中村会長にも報告していない。

ハクビシンは鳥獣保護法で狩猟鳥獣に定められており、法律上、許可なく捕獲はできない。飼うこともできない。東京都は外来生物法により、ハクビシンを「地域の生態系に被害を与える影響が大きい種」と特定して防除を進めている。

防除の具体策としては、家へ侵入させないように穴をふさぐ、あるいは餌となるものを置かないようにする。侵入などの実害があった場合は、捕獲許可を持つ専門業者に依頼して捕獲し殺処分すると、明文化されている。

二十五年も人間が放置した家に住んでいるハクを「侵入」の罪で殺処分するのは理不尽だ。しかしハクビシンは感染症を持っている場合があり、駿太がここへ出入りするなら、危険がなくもない。駿太から「幽霊屋敷をこのままそっとしておいて」と言われたが、そうもいかない。獣医のまことに一度ここへ来てもらい、ハクを検査してもらわねば。

この家の持ち主である千住澄世への報告はまだだ。

家を取り壊すのはもったいないと百瀬は思う。梁も柱もしっかりとしている。駿太にとっては現状が宝の山だが、人間が住めるように清掃をして家を生き返らせるのが、近隣住民のためにも、千住澄世のためにも良策だ。さもないと空き家特措法による行政処分が発令され、取り壊す方向へ舵《かじ》が切られるだろう。借家としての再生。そこが落としどころだ。

しかしSNSで幽霊屋敷とされてしまったこの家を借りる人間がいるだろうか？ブラックハウスに載ったままでは難しい。

百瀬はふと良い策が頭に浮かんだ。

百瀬法律事務所をここへ移転するという策だ。

前頭葉と頭蓋骨のすきまは流石だ。次々とアイデアを生み出してくれる。

今借りている古いビルは、オーナーがとうとう改築を決断した。耐震工事を兼ねて大規模修繕をするので、「三ヵ月のあいだほかを借りてほしい」と言われた。さらに「工事後は入ってくれていいが、今より家賃は高くなる」という。

「おたくの事務所が出て行ってくれればすぐ工事に入れる」というので、間借り先を探しているが、「法律事務所なら歓迎するが猫は困る」と、立て続けに断られた。

百瀬の家に十七匹を引き取るのは、猫たちにとってあまりに窮屈だ。にんにゃんお見合いパーティーに猫たちを参加させたのは、窮屈な家で我慢させるよりも、これを機に優しい里親さんとの出会いがあればと願ったからだ。

七重は黄色いドアに思い入れがあるため、移転先が決まるまで内緒にしている。野呂にだけ打ち明けるのも、七重ひとりを仲間はずれにしてしまうようで申し訳なく、やはり言えずにいる。この件は自分ひとりで解決し、万事よいように決まってからふたりに打ち明けるつもりだ。

トトトトト、と階段を降りる足音がした。ハクが降りて来たらしい。玄関のあたりにしばらくいたようだが、やがてまたトトトトトと二階へ上がって行った。

玄関付近で何かあったのだろうか。

黒い影の訪問者か？

百瀬はめがねをかけ、寝袋から出てジャケットを羽織り、懐中電灯で足元を照らしながら玄関へと向かう。蜘蛛の巣が顔にからみつくが、かまわず進む。玄関に人影はなく、外は強い風が吹いているようだ。

三和土《たたき》に降りて耳をそばだてる。コトコト、コトコトと音がする。この音にハクが反応したのだろう。

格子戸を開けて外へ出る。力強い北風に身震いする。下から吹き上げる風だ。コトコトはまだ聞こえる。

郵便受けの取り出し口の蓋が風に煽られ、板がぶつかり合って音がしている。音源は郵便受けだ。蓋の中に風が吹き込んでいる。これでは郵便受けの中は砂まみれだ。

蓋を開けてみる。やはり枯れ葉や砂、小枝が入り込んでいる。注意深く払い落とすと、底に白い封筒があった。

取り出すと切手が貼ってあり、消印もある。目を凝らすと、半月前の消印である。住所はここだ。宛名は「鈴木晴人様」となっている。間違った書き順で書いたようなたどたどしい文字。しかし殴り書きとは違う。精一杯丁寧に書いたのだろう、誠実さが伝わる文字だ。子どもが書いたのかもしれない。

差出人の名はなかった。

第三章　ペットホテルたてこもり事件

「果物ナイフを持っていました」

一木月美は下を向いたまま緊張気味に答える。

「小さめのナイフということですか？」と刑事は尋ねる。

「果物ナイフです」


ペットホテルリッツの地下駐車場に停めてある大型ワゴン車内で事情聴取が行われている。後部座席には参考人として一木月美が座っている。前の座席は後部に向けられ、月美と向かい合う形で刑事が座っている。聴取用に改造された警察車両で、ふたりの間にあるはずの座席は一列分取り払われ、小さなデスクが置かれている。広いスペースのはずが、狭く見える。刑事の体格のせいだ。胸板が厚く広く、頭は天井に届いている。壁のような体格の天川悠之介だ。

「果物ナイフとどうしてわかったんですか」

「同じナイフを持っているので」

「なるほど。メーカーはわかりますか？」

「さあ……百均で買いました」

「ヒャッキン？」

「百円均一ショップだよ」

補助席に座っている柳まことが口を出す。まことは素早くタブレットを操作し、月美に見せる。

「どれ？」

「これです」と月美は指をさす。持ち手とカバーが明るい水色で、刃はステンレス製、刃の長さは九・五センチだ。

「凶器特定」まことは画像を天川に見せる。

天川は無線で仲間に連絡し、画像を転送した。

「ペットホテルに男がたてこもっている」と一一〇番通報があり、最も早く現場に着いたのは天川だ。あとから駆けつけた同僚から「非番なのにやけに早いな」と言われ、「隣の帝王ホテルにいた」と言うと、「見合いか？」とからかわれた。普段はしないネクタイをしていたからで、あわててはずし、「まさか」と突っぱねた。見合いではない。見合いの練習である。それをみじめだと感じるくらいの自意識は天川にもあった。

リッツビルの前の路上にホテルのスタッフが七人、寒そうに背を丸めながら警察を待っていた。二月の夕刻にコートも着ず、命からがら飛び出した格好だ。六人は上下ミントグリーンのユニフォームを着ており、白いスニーカーを履いていた。ひとりだけ黒のスーツを着ており、それが一木月美で、受付のアルバイトだ。

駆けつけた天川に「男がペットを人質にホテルにたてこもっています」と伝えたのは月美で、通報したのも彼女だ。

「人質ということは、ビル内にまだスタッフが残っているんですね？」

「いえ……動物だけです」と月美は言った。

ほかのスタッフは状況がよくわからずにざわついていた。

「受付にいるはずの一木さんが宿泊フロアに上がって来て、すぐに非常口から外へ出てくださいと叫びました。外の非常階段で下へ降りてくださいと。避難訓練だと思って、とりあえず外へ降りました」と証言するものや、「月美ちゃんのすぐ後ろに男が立っていて、ナイフの刃先を彼女の背中に当てているのが見えて、やばいことになったと思った」というものもいた。

ミントグリーンの六人は獣医師免許を持っているが、動物病院で働いた経験はなく、大学を卒業してこのホテルに就職したと言い、最年長のスタッフリーダーは二十七歳。みな若い。新宿の表通りで騒ぎになると犯人を刺激するので、警察車両はすべて地下駐車場に停め、手分けして事情を聴いている。

天川は月美に次々と質問をぶつける。

「男は何と言って入って来たのですか」

「宿泊フロアを見学したいと」

「見学は誰でもできるんですか」

「いえ……」

「できない？」

「いえ……あの……」

「見学したいという客は普通いないよ」まことはイラついて口を出す。

「金を払ってペットをあずける。人間のホテルもそうでしょ」

天川はまことを睨み、「一木さんに聞いている」と言った。

「リッツの経営者に連絡したがいまだつながらない。スタッフリーダーが柳先生の連絡先を教えてくれたので、来てもらいました。呼びつけておいて申し訳ないけど、聴取は警察の仕事です。女性への聴取の場合ふたりきりになってはいけないという署内ルールがあるので同席してもらいましたが、犯人と直接話した一木さん本人の証言がほしいので、黙っていてください」

「遅いのよ」とまことは言い返す。

「今ホテルには生きた動物がいるんだ。猫七匹、犬五匹、蛇とうさぎ、あとなんだっけ」

「ハリネズミとフクロウです」と月美が言う。

「十六の命が危険にさらされている。たらたら話を聞く前にさっさとホテルに入って犯人逮捕してよ。警察はこの件を軽んじてないか？　人質じゃなくて獣質だから？　刑事の半分、さっき帰ったよね。見ちゃったよ。ペットが皆殺しにされても死者数ゼロだからか。人じゃないからって甘く見ないで」

「人はいますよ。犯人は人だ」と天川は言う。

「なんだって？」

「自暴自棄になって自殺でも図られたら困る。火でも放ったら近隣も巻き込まれる。犯人を無傷で確保するため慎重に情報を集めているんです。人命優先。それが警察の仕事だ」

「罪のない動物より犯人の命を優先するって？」

「動物の命はあなたが守ってください。それがあなたの仕事でしょ」

天川とまことは睨み合う。

「怖かった」

細い声で月美は言う。

「不気味な感じの人で……ひょろっとしていて……なにかこう、つっかかるような感じと……弱い……うまく言えないけど……弱々しいところも」

「犯人の顔に見覚えはありませんか？」

月美は首を横に振る。

「黒いニット帽とマフラーで顔のほとんどが隠れていて。クセのある客は珍しくないんです。陰湿なクレーマーかなと思って、ひとりで対応するのが怖くなって、見学していいですと言ってしまいました。上に行けばスタッフさんがいるから助けてもらえると思って」

「で、上に連れて行った？」

「その前に、一階の自動ドアの電源を切りました。受付にはレジがあります。お金があるので、わたしが上に行っている間に外から客が入らないように、念のため」

「では現在外から正面玄関に入れなくなっているんですね」

「こじ開ければ入れます。鍵をかけたわけではありませんから」

「それから？」

「階段を上っていく途中で背後からナイフを突きつけられ、スタッフを全員このビルから追い出せと言われました。避難訓練だと言ってビルから出せと」

その時の記憶が蘇《よみがえ》ったのか、月美は肩を震わせ涙をこぼした。まことは月美の手を握り、「怖かったな」とつぶやく。

「それからどうしました？」と天川は尋ねた。

「二階の犬の宿泊フロアで……スタッフさんに避難訓練だと言ったら……みな非常口から外へ出ました。そのあと男が非常口の内鍵を締めたんです。わたしは自分が人質になるんだと思い、頭が真っ白になった。すごく怖かった。その上の猫のフロアでも、四階のフロアでも同じく避難訓練だと言わされて、スタッフさんが出て行き、男が鍵を締めました」

「最上階は？」とまことが尋ねた。

「ＶＩＰルームは今日は使ってないからスタッフはいないはずで、全員外に出たと男に告げると、男は、これから帝王ホテルへ行って玉野みゅうを連れてこいと」

「玉野みゅう？」まことと天川は同時に言った。

「玉野みゅうと会わせてくれたらペットは解放する。警察には言うなと」

月美はここから出られると思ってほっとし、四階の非常口から解放された。安堵で腰が抜けてしまい、外階段を転げ落ちずに降りてくるのが精一杯だったと嗚咽《おえつ》している。階段を降りる途中でスマホを持っていることに気づき、一一〇番したと言う。

「わたし、帝王ホテルに行けばよかった」としゃくりあげる。

「玉野みゅうを連れて行かないと、クレオパトラも五郎も殺されちゃう」

月美は自分が受け付けた動物たちの姿を思い出していた。

解放されてほっとしてしまったこと、自分の命しか頭になかったこと、ペットたちを置いて来てしまったことを悔やんだ。病院を抜け出してまで五郎に会いたいと言った男は何も知らずに手術を受けたのだ。彼が会いに来ても自動ドアは開かない。

天川は「玉野みゅうって？」と尋ねた。

「声優界のトップスターだよ」とまことは言った。

「帝王ホテルにいるのか?」

「いない」まことは唇を噛み締めた。


野呂法男はまっすぐに前を向いて歩いている。

すれ違う人々は「えっ」という顔で野呂を見て、目を逸《そ》らす。あるいは興味深げにじろじろと見る。人に注目される経験は野呂史上初である。

子ども時代は子どもらしくワンパクで、青春時代は昭和の若者らしく長髪にジーパンでいきがっており、近年は法律事務所の秘書らしい落ち着いた身なりを心がけている。

形から入るタチであり、勉強すると決めたらまず本屋へ行き参考書を揃え、スキーを始めようとしたら良い板を選びに行く、そういうタチである。道具を揃える最中が情熱のピークで、だからどれも大成しない。「弘法《こうぼう》筆を選ばず」というが、凡人は選んで選んで燃え尽きるのだ。

身だしなみには気を配るほうで、ロマンスグレーの髪は毎朝ヘアオイルでセットするし、ネクタイ選びのセンスは悪くないと自負している。

「おしゃれですね、野呂さん」とボスに言われるが、それはその、言ってはなんだが、ボスがかまわなすぎるのだ。七重もだ。おしゃれ偏差値最低ランクの事務所にいて、せめて自分だけでも世間の目を意識し「法曹界らしきたたずまい」を維持している。

身だしなみに気をつけるイコール目立たない、となるので、本日のようにじろじろ見られることに慣れていない。しだいにファッションショーでランウェイを歩いているような気分になる。高揚感を覚え、胸を張って歩く。ふんぞりかえっている人間って、どこかやぶれかぶれな境地に立っているのでは、と身をもって知る。

野呂の手には包帯が巻かれて、その手にはキャリーバッグ、中にはゴッホがいて、フー、フーと威嚇を続けている。

落ち着け、ゴッホ。落ち着け、自分。

武蔵野市の御殿山エリアである。緑が多く、道は広く、歩きやすい。

中央線吉祥寺駅に近く、井の頭線も通っており、都心へ出やすい。住みたい街として人気バツグンだが、それだけに坪単価が高く、野呂は逆立ちしても住めない。バク転打っても無理だ。実はバク転は打てる。バク転教室に通って半年がかりでマスターした。還暦を過ぎてバク転を打てるただのおじさん（元体操選手とかではなく）は珍しいのではないか。こうして役に立たないことに時間をかけられるのは熟年独身の強みで、紙飛行機にも凝っている。

瀟洒《しょうしゃ》な家並みが続く。これみよがしな豪邸でなくても、ジャンボ宝くじの一等を当てないと手が届かない価格であることを野呂は知っている。住宅情報サイトを見るのも趣味のひとつだ。

野呂は石造りの門の前で足を止めた。ここはジャンボ宝くじの一等を二、三回引き当てないと手に入らないだろう。木々の間から古そうなレンガ造りの家が見える。世間から身を隠しているようなたたずまいだ。門には「千住」と彫られた大理石の表札がある。設置されているカメラ付きインターホンのボタンを押し、しばし待つ。

「はい。はっ」

か細い女性の声、息をのむ気配。

野呂はカメラに収まる位置に立ち、挨拶する。

「百瀬法律事務所秘書の野呂と申します。本日はお約束通りゴッホを連れて参りました」

返事がない。野呂としては恥を忍んで最大限の努力を試みたのだが、やはり男性恐怖症を克服することはできなかったようだ。再びマイクに向かって声を張る。

「無理はなさらないでください。お会いすることが難しい場合はすみやかに置き配をするよう、ボスから言付かりました。こちらにキャリーを置き、わたしはいったんここを離れます。十分ほどしましたらここへ戻り、キャリーがなければ、ゴッホが無事お宅にもらわれたと承知して、帰ります。もし、ゴッホを引き取りたいご意向に変化がありましたら、キャリーはこのまま放置してください。その時はゴッホを連れて帰ります。では、今から置きます」

かしこまり過ぎて妙な言葉遣いになってしまった。キャリーをそっと地面に置き、中のゴッホに声を掛ける。

「あと少しだけ、我慢だぞ」

「フー、ギャオ！」

敵意むき出しに牙を剝《む》く。

手の傷がうずく。キャリーに入れる時に血まみれ戦争となってしまったのだ。手の甲に爪痕がしっかりと残った。嚙まれた傷ではないのが幸いだ。猫の口の中は爪よりも雑菌の量が多いので、嚙まれると抗生物質のお世話になる。ゴッホが事務所に来た頃はかなり荒れていたので、野呂は何度か手が腫れ上がり、深夜の病院で点滴を打ってもらった。

そんな事務所一の問題児に卒業の日が訪れるとは……。

「いい子でな」と言って立ち上がると、ギイ、と音がした。

レンガの家の玄関ドアが開き、小柄な女性がこちらを見ている。千住澄世に違いない。

野呂は固まった。動いたら恐怖を与えてしまうと思ったからだ。

幼い頃の遊び「だるまさんが転んだ」を思い出す。「はじめの一歩！」で始まり、背中を向けた鬼が「だるまさんが転んだ」ととなえている間に前へ進み、鬼が振り返ると、ぴたっと止まり、動いたら負け。そんな遊びだ。

鬼というには線が細すぎる澄世は、驚いた顔をしたまま、一歩、二歩と、たどたどしくこちらに近づいてくる。おいおい、鬼が動いていいのか。野呂はびびった。でも自分は動いてはいけない。驚かせてはいけない。じっとするしかない。

澄世は二メートルほどの距離を置いて立ち止まると、「野呂さん……ですよね」とささやいた。

「はい、仁科から電話が入ったと思いますが、ゴッホをお届けに参りました。重たいので男のわたしが運ぶことになって、すみま」

かぶせるように「ごめんなさい」と澄世がささやいた。目には涙をためている。そして絞り出すようにささやいた。

「とにかく中へ、どうぞ」

澄世は逃げるように家の中へ戻った。「中へ」と聞こえたが、大丈夫か？　野呂は逡巡《しゅんじゅん》しつつ、そっとキャリーを持ち、門の鉄格子を自分で開けて、ゆっくりとあとを追う。「こないで」と言われたらすぐに立ち止まれるよう、慎重に前に進む。

「おじゃまします」

恐る恐る玄関に入ると、花の匂いがした。よい香りに頬が緩みかけると、大きな鏡が目に飛び込む。髭面《ひげづら》のいかつい男が茶髪で縦ロールのかつらをかぶっている。

異様な姿の自分を鏡の中に見つけ、心底驚いた。

澄世は困ったような顔でささやく。

「お気遣いさせてしまって」

野呂は身が縮む思いでかつらをはずし、キャリーをあがりがまちにそっと置いた。ゴッホはにゃあと甘い声を出す。まるで別猫だ。澄世はすぐにキャリーの蓋を開けた。そのほっそりとした白い手を見て、野呂はハッと息をのんだ。

思いがけずあがり込むことになった。

家の中は全体に薄暗かったが、窓からの自然光が優しく、慣れると心地の良い空間だ。古めかしい応接間には西洋式の長いテーブルがあって、野呂と澄世は端と端に座った。声を張らないと聞こえづらいだろうと不安になるほど距離がある。

すっかりいつもの「おじさん」に戻って、澄世が淹れてくれたレモンティーを口に含む。滋味深い。

ゴッホは澄世に抱かれている。おとなしい。新しい家がすっかり気に入ったようだ。家というより、澄世だ。澄世と相性がいい。すばらしく良い。まるで別猫のようにおだやかな表情で澄世に甘えている。新しい名前が必要かもしれない。マティスとか？　ピカソやゴッホと並び称される画家の中でひときわおだやかな性格だったらしい。

応接間の端には新品の猫用トイレがある。ゴッホを迎える準備をしてくれていたのだ。

百瀬法律事務所に澄世が訪れた日、彼女が帰ろうとすると、ゴッホが呼び止めるように鳴き続けた。「いかないで、いかないで」と鳴き叫んでいた。

澄世は「この子はベターハーフかもしれない」と言い、引き取りたいと申し出て、こうして届けることになったのだ。百瀬が届ける予定だったが、仕事が重なって日にちが経ってしまい、とうとう野呂が手を挙げた。百瀬よりは男のうちに入るであろう野呂が会って大丈夫だろうかという問題が浮上したが、置き配すれば問題ないと考えた。

ところが今朝、七重が家からかつらを持って来た。

「十年前に通販で買って一度も使ってないんです」と言って、嫌がる野呂に無理やりかぶせた。ぷんとカビの臭いがした。

「宝塚の『ベルばら』を見たあと衝動的に買ったんですけど、似合わなくて押入れ行きでした。野呂さんも似合いませんが、男臭さは減りますよ。あ、脱いじゃダメです。ジタバタしない。男たるもの、女性を怖がらせちゃいけません。インターホンのカメラ越しに会うだけでも怖がらせちゃダメです」とやかましく言われ、それもそうかなと納得し、というか、洗脳され、事務所を出た。鏡を見る暇もなかった。

今思うと、かぶるのは門の前でよかった。ゴッホをキャリーに閉じ込めたあとだったので、先を急いで行動し、頭が回らなかった。

努力を買ってくれたのか、澄世は中へ入れてくれた。ひょっとしたら、あの姿で門の前にいてほしくなかったのかもしれない。あまりに奇妙な格好だったと自分でも思う。

男性が女装するのは珍しくない時代だが、かつらだけ女性もので、しかもベルばら調で、服装は男性というのはいかがなものだろう。せめて口髭を剃《そ》るべきだった。おっかなびっくりあがり込んだものの、ゴッホがいるからか、澄世は落ち着いている。

窓辺に花が飾られている。白い花びらのふちがほんのり赤く、小首を傾げている。野呂はその花の名前を知らない。

可憐《かれん》で主張しない、澄世に似た雰囲気の花だと思う。その横に母親らしい女性の写真が飾られている。優しげに微笑んでいる。去年亡くなったという母親は野呂と同世代に見える。澄世くらいの娘がいてもおかしくない歳なのだと野呂は気づいた。

テーブルには白いクロスがかけてあり、手の込んだ刺繍がほどこされている。

窓のカーテンにも刺繍、ソファのクッションにも刺繍、部屋のいたるところに刺繍がほどこされている。野呂が過去に見てきた刺繍と違って、これ見よがしではなく、さりげなく、それでいて気高く、清潔感もあり、この部屋にいると刺繍の世界に包み込まれるようで、安らぐ。金がかかっていそうだ、と野呂は思った。資産家なのだ。幽霊屋敷を所有していることに気づかないくらいに。

「幽霊屋敷の件は今、百瀬弁護士が進めておりますので」

「お手数おかけします」

「それにしても刺繡が見事ですね。オーダーメイドですか？」

「いいえ……わたしが」

「千住さんが？」

「はい、好きなんです。幼い頃からずっと」

澄世は少し迷ったようなそぶりを見せたあと、そっとテーブルに右手を置いた。

「指が一本足らなくても、針と糸は使えます」

野呂はあわてて目をそらした。

「事務所の女性から聞いてませんでした？　わたしの手のこと」

「七重さんは、ただ、声が小さいとしか……」

七重は言わなかった。手のことはひとこともだ。

「あのかた、仁科さん、お名前は七重さんとおっしゃるんですね。コートを受け取るときに気づいて、四本もあれば不自由はないわねっておっしゃったんです。声が小さいことは注意されました。あれから大きい声を出す練習をしています」

「はっきりと聞こえますよ」

離れているのに、しっかりと聞こえる。心に残る声質で、なにかこう、人を包み込むような柔らかさがある。耳が喜んでいる。

おそらくゴッホはこの声に固い鎧《よろい》をはずしたのだろう。

「七重さんが手のことに触れたので、わたし、むしろすっきりしました。いつ気づくか、びっくりされないか、隠したほうがいいのか、こちらが気にしなくていいので」

「すみません、わたしは……」

野呂は玄関で見た時、ひどく驚いてしまい、それが顔に出てしまった自覚があった。

自分は今日手に包帯を巻いている。しかし数日で元に戻る。なんてことのない、かすり傷だ。

澄世は微笑む。

「びっくりしたあと、見て見ぬ振りをする。それは思いやりですよね。わかっています。でも七重さんのふるまいは、わたしには画期的で」

澄世は思い出し笑いをした。

「百瀬先生は反応なしでした。この手で持っていたハンカチの刺繍を褒めてくださったけど」

「彼は気づいてないと思いますよ。気にしなくていいことは、気づかない。そこはもうセンサーがあるみたいで、天才なんです、うちのボスは。七重さんも、たぶん理屈は同じで、気にしてないからずけずけ口にしたんだと思います」

澄世は微笑んだ。

「わたし、あの日から変われたのかしら、野呂さんともこうして話せます。ゴッホのおかげかもしれない」

「ベターハーフとおっしゃったそうですね。ゴッホは恋人ってわけですかな」

澄世はまた少し迷ったそぶりを見せたが、思い切ったように、「プラトンが……」と口にした。

「プラトン？　ギリシャ哲学者のですか？」

澄世は恥ずかしそうな顔をした。

「哲学の話を女がするの、嫌ですか」

「まさか。どうしてそう思うのですか？」

「父は嫌がったので」

「わたしは好きですよ。哲学の話。若い時に齧《かじ》りました。プラトンがどうしました？」

「プラトンには『饗宴《きようえん》』という著書があって」

「たしか恋愛について、ソクラテスたちと対話をした本だ」

「そうです。お読みになりました？」

「とっつきにくくて、途中で投げ出しました。おはずかしい。わたしは罌って放り出すことの繰り返しで。どうぞ、ご教授ください」

「その本の中で、喜劇作家が神話になぞらえた話をします。この世に誕生した古代の人間は、ふたつの頭と四本の手、四本の足を持っていたと」

「ふたつの頭と四本の手、四本の足ですか」

「今の人間がふたりくっついた形をしていたんですって」

「ほお〜、それは面白い！」

「しかも、くっつきかたには三通りあって。男と男がくっついたもの、女と女がくっついたもの、男と女がくっついたもの。その三種類が人間の起源だそうです」

「三種類！　画期的ですな」

「恋愛は人が本来の形に戻ろうとする行為であり、その半身をベターハーフと、本では呼んでいます。ベターって、自分より良いという意味ですから、愛の対象を敬うということですね」

「興味深いですなあ。だとすると、男が男と添いたいと思うのも自然なことで、説明がつきますね」

「そうなんです。女性が女性と愛し合うのも自然なことです」

「千住さんのベターハーフは猫なんですか？」

澄世は微笑んだ。

「ゴッホの耳、片方が引きちぎられていますよね。喧嘩したのかしら。その耳を見て、わたしの手みたいだと思ったんです。わたしの手と前世でつながっていたように見えたんです」

野呂は相槌が打てなかった。

傷を負っている猫が自分の半身に見えるほど、澄世は孤独なのだろうか。

ゴッホは美しくない猫だ。耳だけではない、誰が見ても距離を置きたくなる顔つきで、毛並みは凡庸だし、誰からも欲しがられなかった。それをベターハーフと感じてしまう澄世の半生を思うと、胃のあたりがきゅっとする。

それにしてもゴッホは落ち着いている。澄世は過呼吸もなく話せている。前世でひとつだったゴッホと澄世が、元の姿に戻って生きやすくなった。たしかにそんなふうに見える。この部屋のやさしさ、刺繍の持つ力がそのようなファンタジックな考えを自然に思わせるのかもしれない。

出窓から整えられた花壇が見える。二月なので花の種類は少ないが、精一杯咲いている。窓辺の花は庭から摘んだもののようだ。

「この白い花、初めて見ました」

「クリスマスローズという花です」

「感じがいい花ですなあ」

「クリスマスという名前なのに、咲くのは一月から四月までで、水揚げにちょっとコツがいるんです」

「どんなコツですか」

「四十度くらいのお湯に切り花を浸《つ》けるんです。冷めるまでたっぷりと」

「ほほう。人間みたいですな。温泉につかると元気になりますから」

澄世は微笑んだ。作り笑いのように見える。温泉に入ったことがないのかもしれない。

「生まれつきなんです」と澄世は言った。

まるでガーデニングの話の続きのように、手の話をした。

「先天性四肢欠損症で、右手だけ二本指で生まれたそうです。骨は四本あるのに、二本ずつ皮膚がくっついていたんですって。乳児の時に手術をして、四本がこうして独立したので、子どもの頃からペンが持てました。刺繡は指を鍛えるために母が教えてくれたんです。おかげで家事はすべてできますし、家を整えるのが好きなんです」

「おかあさまとずっとおふたりで？」

「母とおだやかに暮らしてきました。父と暮らした記憶はありません。去年の母の葬儀の時に叔母から聞いたのですが、父はわたしの指を増やしたかったんですって」

「どういうことですか？」

「形成手術をして五本にしたかったらしい。見た目だけでも普通にしたかったんですって。母は、この子の普通はこの形ですとつっぱねたらしくて、それが原因で離婚したと聞きました。叔母は言うんです、五本の指にしていたら、お嫁に行けたのにね、って」

典型的なセクハラ発言だと野呂は思った。澄世の身内の悪口になるので、指摘はすまい。

「男性と暮らすなんて想像できません。あ、ごめんなさい。男性に向かって」

「いえいえ、もはや男という歳でもありません。それにしてもおかあさまは強くて愛情深いかただったんですね」

「父は父のやりかたで愛してくれていたのだと思います」

「おとうさまと会ったことは？」

「年に何回か来て、野呂さんがいらっしゃるその椅子に座って、少しだけ話をして、帰りました。幼い頃はよく来ていましたが、わたしが発作を起こすようになって、来る回数は徐々に減って、最後に会ったのは高校一年の時で、哲学の話をしたら嫌な顔をされて、それで来なくなったのかもしれません」

「おとうさんは威圧的だったんですか？　それで男性恐怖症に？」

「父のせいではありません。男の人が怖くなったのは、たぶん、小学校で男の子から手のことをからかわれたのがきっかけじゃないかと」

「学校で？」

「妖怪だと言われました」

「…………」

「給食の係をしていたんです。シチューをよそっていたら、妖怪だ、妖怪シチューだ、食べると妖怪になるぞって」

「…………」

「ショックで気を失いました。あとのことはよく覚えていません。母が女子校に転校手続きをしてくれました。エスカレーター式の学校です」

「女子大をご卒業されたんですね」

「卒業はしていません」

「何かありました？」

「家にいるのが好きだから」

外にいると疲れるので、というふうにも聞こえた。

おそらく優しい母との暮らしが心地よすぎて閉じこもってしまったのだろう。刺繍という打ち込むものがあり、それなりに充実した日々だったのだろう。

母を亡くして一年近くずっとひとりなのだろうか。勇気を出して百瀬法律事務所に来たり、ゴッホを引き取ったり、こうして野呂を家にあげたのも、ひきこもる暮らしへの悲鳴というか、限界なのかもしれない、と野呂は感じた。

ゴッホがぐるぐると喉を鳴らしている。

ゴッホは百瀬法律事務所に来た日からずっと応接室に籠城し続け、四角い部屋の中で生きて来た。ほかの猫が入ろうものなら唸り、牙を剥き、時には強烈なスプレー(尿)を撒《ま》き、ここは俺のなわばりだ、近づくなとアピールした。ゴッホにとってはあの部屋が安息の地なのだと、野呂はずっと思っていた。

しかし今、目の前のゴッホを見ていると、そうではなかったとわかる。あそこは一時的な避難所だったのだ。ここここそがゴッホの「家」なのだ。

澄世はどうだろうか。すばらしく居心地がよい家だが、ひょっとすると、避難所なのではないか。彼女にも世界を広げるチャンスがあればよいのだが。世界を「ここまで」と決めてしまうには若すぎる。

彼女が疲れるだろうと思い、野呂は腰を上げた。玄関で別れる時に、さりげなく言った。

「あなたをからかった男の子は、きっとあなたを好きだったんですよ」

「えっ」澄世は驚き、目を見開いた。

「男ってのはバカなんです。『赤毛のアン』の時代からそうでしょう? ギルバートはアンの赤毛をからかった」

「たしか……人参《にんじん》って」

「そうそれですよ。妖怪野郎も、好きな子とどう接したらいいかわからなくて、あがっちゃったんですよ。男を代表してあやまります。ごめんなさい」

野呂は頭を下げた。

空になったキャリーバッグにカビ臭いかつらをしまい込み、すっかり男らしい姿になって帰り道を歩く。来た時と違って誰も野呂を見ない。凡庸な男に戻ってしまった。

歩きながら野呂は小学生の頃を思い出していた。

四年生の体育の時間に、クラスで一番人気の美少女とフォークダンスでペアになった。まぶしすぎて彼女の手を取ることができず、ぐずぐずと距離をとっていると、美少女のほうから手を握ってきた。野呂はとっさに手を振り払い、「触るなブス！」と叫んだ。それはもう、まったくもって不条理な衝動で、美少女は泣き出し、野呂は教師に殴られた。

この愚かな過去を生まれて初めて「少しは活《い》かせたかもしれない」と野呂は思った。

澄世をからかった男子の気持ちがわかるのは、正しい百瀬太郎ではなく、クソッタレな自分だ。

凡庸な男は胸を張って歩き続けた。

赤坂春美は表札を睨み、「これはどういうことだ？」とつぶやいた。

本日は日曜日。

以前勤めていたナイス結婚相談所で先輩だった大福亜子の新居を初めて訪れた。亜子からＳＯＳが来たのだ。家具の配置に迷っていて、荷物が片付かない。百瀬が休日返上で働きに出てしまったので、助けてと。

新居祝いにシャンペンを買って来た。古い家と聞いていたが想像していたよりずっと素敵な外観だ。あわいクリーム色のモルタルで、くすんだ赤い屋根瓦。煙突はモスピンク色のレンガが組まれて、大正ロマンを思わせるレトロな洋館である。ダサい百瀬には似合わないが、可憐な亜子にはぴったりだと春美は及第点をつけた。

「やるじゃん猫弁、こんな家を調達できるなんて」

家に入る時に「ん？」と思ったが、生後五ヵ月の美亜《みあ》は標準体重を上回り、抱っこ紐が肩に食い込んで痛いし、シャンペンは重たいし、マザーズバッグはおむつぎっしりだし、迎えてくれた亜子は「まあ美亜ちゃん、いらっちゃーい！」とハイテンションだしで、いったん中に入り、荷物と美亜を置いてひとり玄関外に確認しに来たのだ。

存在感が尋常ではない表札である。誰が見ても「ん？」と思うデザインである。二十センチ四方の正方形で、厚さは三センチくらいあり、天然木らしく木目が美しい。そこへ変わった書体の字が浮き彫りになっている。右側に大福、左側に百瀬と縦書きに記されている。そのふたつの苗字の間には縦一直線に彫りが入っており、亀裂のようにも見える。

別れを示唆するような不穏さがあり、春美は腕組みをした。

美亜の泣き声が聞こえた。亜子が美亜以上の大声で悲鳴を上げている。

「目を覚ました！　目を覚ました！　春美ちゃん、来て来て来てー、助けてー」

「起きただけでしょ」と言いながらリビングへ急ぐと、ベビーラックが目に入った。美亜が寝かされており、ロッキングチェアのように揺られて、にこにこしている。泣いたカラスがもう笑った。

かわいい。かわいいが、かわいくない。広い意味ではかわいいのだ。ちいちゃくてぷくぷくしているからかわいいという意味でだ。まだ人間になりきれていないという意味でのかわいさはたしかにある。

春美はわが娘を見るたびに「ルックスはわたしに似てしまった」と軽く落胆している。夫の隼人《はやと》に似ればよかった。誰が見てもハンサム。彫りが深くて美しい顔。

春美は美醜が人生を決めるとは思っていない。思ったらおしまいだから思わないようにしているが、美は武器である。それは認める。いい人生とまでは言わないが、いい生活までエレベーターで行けるか、階段で行くかの違いはあると認める。

「ベビーラック、どうしたんですか？」

「両親が嫁入り道具を先走って買っちゃった話はしたでしょう？」

「うんうん」

「その中にベビー用品もあって」

「さすがに気が早すぎますね。でも、ベビーラックがあって助かった。おとうさんに感謝です」

「美亜ちゃんが来た時にちょうどいいと思って、ベビー用品はあらかた残したの」

「ありがとうございます。で、ほかは？」

部屋は未開封の段ボール箱があちこちにあり、家具は置き方が不自然だ。いい家なのにレイアウトに失敗している。ただ、事前に聞いていたよりも適正な量に見える。

「桐《きり》の箪笥の三点セットは買ったお店に引き取ってもらえたの。大型の食器棚もね。

家具の見本市みたいになっちゃった家を見て、両親もやりすぎたと気づいて、納得した。ダイニングテーブルや応接セットの一部は使うことにして、冷蔵庫と洗濯機もね。引越しの日は、搬入前に両親と衝突して、ここに来てからもぴりぴりしちゃって」

「猫弁はそのあいだどうしてたの？」

「どうしてたっけな」

「あいかわらずぼうっとしてたんじゃない？」

「そんなことはない。きんぴらごぼうを作ってくれていて」

「きんぴら？　引越しの日にきんぴら？」

「なぜだかきんぴらをどっさり作ってた。家中にきんぴらの匂いがして」

「よくわからないんですけど……」

「間が悪いことに母が蕎麦を打っちゃって」

「蕎麦打ち？　引越しの日に蕎麦打ち？　床が粉だらけになるじゃん！」

「なった」

春美は呆れた。百瀬太郎を変人だと決めつけていたが、大福家もそうとうにズレている。割れ鍋に綴《と》じ蓋だ。自分がまっとうに思えてきた。まっとう偏差値七十を超えると思う。

「バタバタしっぱなしで家具の配置が決まらなくて」

「今日わたしが決めてあげます」

「ありがとう。これでも結構片付いたほうなの。百瀬さんが長年愛用してきた洗濯機や冷蔵庫は処分してもらった。家電製品や家具に愛着あるみたいで名残惜しそうだったから、全部捨てろとは言えなくていくつか残したけど」

「猫弁の家電製品、何年もの？」

「掃除機は二十五年もの」

「うーわ。当時の製品は省エネタイプじゃないから電気は食うし、いつ壊れるかわからないし、捨てて正解っすよ」

「昔の家電製品って作りがシンプルだから滅多に壊れないんですって。壊れたら修理して、修理してもダメとなったら捨てる。百瀬さんはそうやって生きてきたみたい。便利という理由で買い替える発想がないのよ」

「経産省に嫌われるタイプだな」

「なんで？」

「経済回さないタイプ。環境省は喜ぶな」

「あいかわらず春美ちゃんはすごいね。考えが社会的というか。わたしは手が届く範囲しか見えない。まず見えるのはシャンペン、春美ちゃん飲めるの？　授乳中でしょう」

「このあいだ乳腺炎になって、薬飲んでいる間は授乳できないから、しかたなく粉ミルクに変えたんです。そうしたら美亜が途端によく眠るようになって。一服盛った、くらいに寝ますよ。こっちも体力回復して楽になった。粉ミルクは神だな。炎症は治ったけど、母乳はこりごり。いいですか、亜子先輩。母乳神話はガセです。つまり」

「アルコール解禁？　じゃあ飲もう！」

「飲もう飲もう！」

美亜は眠った。「天使みたい」亜子はうっとりと美亜を見つめる。

春美は思った。美亜が天使に見えるなら、猫弁もさぞかしイケメンに見えているだろうと。亜子に美亜を見ていてもらってキッチンでつまみを作ることにした。

「キッチン好きに使ってね」と言われ、春美はシャンペンを冷蔵庫へ入れて材料を確認。きゅうりとチーズのサンドイッチとにんじんサラダを作った。

キッチンは古い造りで北向きだが窓から光が入り働きやすい。道具は新しいものと古いものが混在している。古い包丁とまな板はおそらく百瀬が持ってきたものだろう。刃は丁寧に研がれて、まな板も漂白され、清潔だ。次にここを訪問した時、キッチンが汚れていたら亜子が犯人だし、きれいなままだったら百瀬が料理担当となった証拠だ。密《ひそ》かな楽しみができた。

ふと殺気を感じて後ろを見ると、サビ猫がこちらを睨んでいる。テヌーだ。

「押忍《おす》」と言ったらすたこら消えた。

以前からテヌーは春美の近くに寄り付かない。善悪を嗅ぎ分ける鼻を持っているのかもしれない。

乾杯！

食事を始めようとすると、美亜がぐずり始めた。

春美は「あーあ」とため息をつく。子どもって、おとなのささやかな喜びを奪うのが趣味みたいだ。同居の姑《しゅうとめ》が留守の時、ひさしぶりにインスタントラーメンを作り、さあ食べようというところで、美亜が起きて泣き出した。ミルクをあげたあと食べたラーメンは汁を吸い切って盛り上がっており、気持ちは盛り下がった。

しかし今日は大丈夫。亜子が美亜の相手をしてくれる。春美はせっせと食べた。われながら料理はうまいと思う。

「ところであの表札だけど」

「ああ、あれ？　すごいでしょう」

亜子は美亜を抱いて庭を見せながら話す。

「秋田の靴屋の大河内三千代さんが新居祝いにくれたの」

「え？　あのシンデレラシューズの元会長？　靴磨きから一代で会社を大きくしたあの偉大な女性？」

「そう、やっと百瀬さんと一緒に暮らせるようになりましたと葉書を送ったら、すぐに連絡があって、お祝いに表札を贈るから、苗字を書いて送れって。苗字は知ってるのに変だなと思ったんだけど、百瀬さんが紙に書いて送ったの。そしたらその文字をそのままデザインにして、近所の彫刻家に作ってもらったらしいの」

「あの妙ちくりんな文字、猫弁の筆跡なの？」

「達筆ではないけど、味があるでしょう？」

春美は「小一で成長が止まった字だ」と思ったが、ぐっとこらえた。以前は猫弁をディスれたが、一緒に暮らし始めると途端に亜子の身内感が増して、言いにくくなる。

「あの表札、真ん中に亀裂があるでしょ。気にならないんですか？」

「ああ、あれ？」

亜子は美亜に髪を引っ張られながら、笑顔で答える。

「入籍しても使えるように、手でぱきんってふたつに割れるんですって」

「2ウエイ仕様？」

「そう」

春美はなるほどと思った。さすが一代で会社を起こしてビルまで建てる女丈夫。やることなすことアイデアが効いている。ああ、秋田に行って三千代に会いたい。自分も何かビッグなビジネスを起こしたい。

「籍はいつ入れるんすか？」

「あぶぶぶー」

「きゃはははは」

亜子が美亜と本格的に遊び始めたので春美の質問はたち消えた。美亜は亜子が好きみたい。猫も子どもも「よきもの」はわかるのだ。

亜子は猫弁を伴侶に選んだ。春美には理解できないチョイスだが、幸せそうである。籍などもうどうでもいいのかもしれない。

春美はおなかいっぱいになったので、美亜にミルクを作って与えた。バトンタッチして、亜子が食べ始めた。

「おいしい。どうしたらこんなにおいしいサンドイッチが作れるのかなあ」

「パンにマーガリンを塗って具を挟むだけですよ」

「それくらいわたしにもできる。このあいだ直ちゃんに必勝弁当を届けたんだけど」

「何を作ったんですか」

「受験に勝つでカツサンド。カツがうまく揚がらなくて、キッチンを油だらけにしちゃった」

「直、受験どうだったかな」

「それがね、どうだったか聞けてないの。おいしかったですって、お礼のメールは来たんだけど、試験については触れてなくて。余計なことしたかなあ。試験中はそっとしておいたほうがいいのかも。そろそろ早稲田の試験なんだけど、今度は何もしないで見守ることにする」

「直は大丈夫。強い子だから」

「そうね」

「それより亜子先輩、どうですか猫弁との暮らしは」

「喧嘩したの」

「喧嘩？」

「と言っても、こっちが勝手に怒ってるだけなんだけど」

春美は怪談を聞くときの子どものような気持ちになった。つまり、わくわくが止まらない。期待に応えるように亜子はものものしく語り始める。

「バレンタインの夜ですよ」

「おとといじゃないですか！」

「わたしはチョコレートケーキを焼きました」

「よくがんばりました」

「太郎はなかなか帰って来ません」

「日本昔ばなし風ですね」

「待てども待てども帰って来ません」

「何時になりました？」

「十二時まであと三十分となりました」

「バレンタイン終わるじゃないっすか！　連絡ないんですか？」

「ひょっとしたら事故にあったかしらと、不安が押し寄せます」

「どうしました？」

「ＬＩＮＥで今どこにいますかと尋ねました」

「で？」

「幽霊屋敷にいますと」

「幽霊屋敷？」

「今ね、空き家にまつわる依頼があるらしいの。守秘義務があるから仕事の内容は聞けないんだけど、そのことだと思う」

「バレンタインの夜に幽霊屋敷にいたんですね。仕事ですね。それで？」

「おかえりは何時になりますかと聞きました」

「そりゃあ聞きますよね」

「明日の夜になります、という返信がありました」

春美は叫んだ。

「はあ？」

もう一度叫んだ。

「はあ？」

美亜がえーんと泣き始めた。

亜子は美亜を抱いて立ち上がり、「ごめんねえ」と言って、よしよしとあやした。

子どもの扱いに慣れてきたようで、美亜はなんとか泣き止《や》み、にこにこ笑い始める。

「猫弁、馬鹿ですか？」春美はすっかり呆れた。

亜子は話を続ける。

「わたし、カッチーンときたの。でね、書いた。はあ？　なんですかそれ、泊まってくるなら泊まってくると朝出かけるときに言うべきじゃないですか？　急に泊まることになったら、その時点で連絡すべきじゃないですか？　家族ってそういうもんじゃないですかと、文字をすごい勢いで叩き打って」

「送ってやれー」

「送る前に読み直して、ダーッと削除して」

「えー」

「だって家族を知らない百瀬さんに家族はそういうものだと言うのはファミハラになるかなと」

「ファミリーハラスメント？　そうか、なるかも」

「削除し終わったと思ったんだけど、頭のはだけが残ってて、百瀬さんのもとへ飛んでった」

「はがひとりで飛んでったんですか。けなげ。で？」

「それっきり」

「はあ？」

「百瀬さん、会話が終了したと思ったらしくて、昨日普通にけろっと帰ってきた。しかも夜遅くに」

「なんですと？　で、お灸《きゆう》を据えましたか？」

「わたしね、わあわあ言った」

「わあわあ？」

「頭に血が上ってわあわあ気持ちをぶつけた。ケーキ作って待ってたのに、バレンタインなのに、一緒にいたくてこの家に来たのに、毎晩毎晩遅いぞ、わあわあって」

「わかります。で、猫弁は？」

「途中で天井見てた」

「例の空気がどうのというやつですね。で？」

「チョコレートケーキがあるんですね、って」

「はあ？」

「食べたいですというの」

「はあ……」

「で、ケーキを出したら」

「うん」

「黙々と食べるんだけど」

「うん」

「ただ黙々と食べているので」

「うん」

「不気味に思ってわたし、ひとくち食べてみたら」

「うん」

「苦くて、吐き出しちゃった」

「え？」

「ブラウニーケーキなの。念には念をとじっくり焼いたの。全部焦げてたんだけど、チョコの色に見えて気づかなくて」

「炭化してたんですね」

「うん、炭だった。百瀬さん、ホールケーキの半分くらいもう食べちゃってて、わたし、あわてて捨てた」

「味見しなかったんですか」

「頭にきちゃった」

「先輩が頭にきたんですか？」

「まずいならまずいって言ってくださいって、またわあわあ言って」

「猫弁なんて？」

「以後気をつけますって。それから粛々と」

「粛々と？」

いよいよラブシーンが始まったんだと予想したが、そうもいかなかった。

「ケーキ作りでぐちゃぐちゃになったキッチンで洗いものをしてくれた」

「ふーん」

春美は思った。百瀬はひとりで生きてきた男なのだなと。本当に本当にたったひとりで、それがもう芯から身についてしまっているのだと。遅く帰ろうが朝までどこにいようが病気になろうが怪我をしようが消えてしまおうが気にかけてくれる人のいなかった人生だったのだと。

春美は高校を卒業してすぐに東京へ出て働き始めた。はじめの数週間は孤独で、「わたしが今日交通事故で死んでも、気にかける人はいない」とセンチメンタルになった。あれが長年続くと百瀬のように「気にかけてくれる人がいることがピンとこない」になってしまうのだろう。

現在は百瀬を愛してやまない人たちがいる。七重も野呂も百瀬を思う気持ちは亜子にひけをとらない。でもあの事務所を開設するまでの人生は、ひとりぼっちで、その孤独が百瀬太郎を作り上げたのだ。三つ子の魂百までというけれど、七歳からの孤独というのは、ひとりの人間を作り固めてしまうのかもしれない。

春美はさらに思った。亜子は家族に守られて生きてきたのだと。前日にケーキを作って、キッチンを片付けていないだなんて、正直呆れる。母親があれこれとしてくれていた証拠だ。

春美は言った。

「いろいろしかたないよね。他人同士が暮らすんだから」

亜子は「うん」と言って微笑んだ。

美亜が再び寝たので、ふたりは荷物の整理を始めることにした。アルコールが入っているのでのんびりやった。どちらも酒は強くはないが、弱くもなく、「楽しくなるガソリン」みたいなものだ。

籍はいつ入れるのがいいとか、夫婦別姓制度を待つ方がいいかしらとか、子どもができたタイミングがいいかもねとか女子トークを繰り広げつつ、体を動かした。

ピンポンと呼び鈴が鳴った。

美亜がびっくりして泣き始め、亜子があやした。

「宅配業者かな。わたしにまかせて」と春美が玄関へ走った。

扉を開けると、門のところにすらりとした女性が立っていた。男の子を連れている。一歳くらいに見える。くせ毛がひどい。春美は嫌な予感がした。

「どちらさまですか？」

「百瀬太郎さんのお宅ですよね」

「あいにく留守ですけど……」

「いつおかえりですか」

「わかりません」

今日帰ってくるかもわからないのよ、と心の中で付け加えた。

女性は額が広く知的に見える。手入れが行き届いた長い髪が風に揺れている。綺麗な人だ。手が長く、その長い手が男の子の背中をぐいっと押した。

「この子をよろしくとお伝えください」

男の子は踏ん張って一歩も踏み出さず、困ったような顔で女性を見上げた。

「どういうことですか？」

「百瀬先生には心当たりがあるはずです」

女性は男の子に「バイバイ」と言って背を向けた。

「待って！」と春美は叫んだ。

男の子は女性を追いかけなかった。追いかけられないのだ。立てるようになったばかりのようで、尻餅をついた。背中に小さなリュックを背負っている。

女性は消えてしまった。

「春美ちゃん、どうしたの？」

家の中から美亜を抱いた亜子が顔を出した。

「春美ちゃん、その子、誰？　迷子？」

春美はたいへんなことになったと思った。

本物のホラーはわくわくとは程遠い。身の毛もよだつ恐怖に春美は言葉を失った。

第四章　猫ノオトシモノ

月曜早朝五時。百瀬法律事務所でひとり目つきの悪い男がうろつきまわっている。ひどく寒いのに暖房を入れず、デスクの間を行ったり来たりしている。普段は温和な目が血走っている。秘書の野呂法男である。始業時間より四時間も早く来てなぜ目を血走らせているかというと、昨夜ボスの百瀬から電話がかかってきたのだ。

休日にかかってくるのは滅多にないことで、「大福さんと喧嘩でもしたかな、やれやれ」と気楽に出たところ、「ペットホテルにたてこもった男がいて、ボコも今そのホテルに監禁されています」と、とんでもない事件を知らされた。ガツーンと後頭部を鉄塊で殴打されたような衝撃を受けた。

冷えきった事務所に足音がコツコツと孤独に響く。音は硬く、まとわりつく猫はいない。

十七匹の猫はにんにゃんお見合いパーティーに参加しており、月末には帰って来る予定だった。あと十日あまりで元の猫弁事務所に戻るはずであった。里親なんて見つかりっこないとたかをくくっていたし、特にボコは老齢で、不吉な黒猫だし、引き取るもの好きはいない。そう思っていた。

ところが真っ先に譲渡先が決定したというではないか。里親は帝王ホテルの客なので、ボコは一時的に隣接のペットホテルリッツにあずけられたという。運の悪いことに、翌日ナイフを所持した男がリッツに侵入、スタッフを追い出してビルごと占拠したというのだ。

ボコが選ばれる確率、たてこもり事件に遭遇する確率、掛け合わせたら限りなく「ありえない」ことである。だいたい、「ペットホテルたてこもり事件」なんざ、人類史上初ではないか？　歴史好きの野呂ですら聞いたことがない。

誰が思いつく？　そんな愚かな事件を！

人質ではなく猫質か？

野呂はなげいた。犬や猫の命が重い国ではないんだ。だからボスは猫弁をやっているんだ。軽く見られている命を質にして何になる？　犯人の馬鹿野郎。

そもそもなんで年寄りの黒猫など欲しがる？　そいつが欲しがらなければ、たてこもり事件はヒトゴトだったのに！　里親の馬鹿野郎。

むろん、逆恨みである。人品いやしい考えだとじゅうぶんわかっているが、ヒトゴトでいたかった。

野呂だって人助けは好きだ。人の災難だからこそ助け甲斐《がい》がある。いざ火の粉が自分にふりかかると、払いのけたくなる。「ヒトゴトでいたい」と思ってしまう。小さい男である。自覚があるものの、「なぜボコが」という思いが胸をかき乱す。

たてこもり事件が起こったのは金曜の夕方。スタッフの通報によりすぐに警察がかけつけたが、犯人を刺激しないよう、情報を公開していないという。つまりニュースになっていないのだ。

ボスの百瀬は金曜夜、幽霊屋敷に泊まっており、翌朝の土曜に、獣医の柳まことから電話があって、事件を知ったという。まことは「人質事件ではないから警察の動きはヌルい。特殊事件捜査係が動いていないし、突入部隊すら来ていない。時間をかけて犯人が空腹や睡眠不足で弱ったところを確保する作戦のようだ」と言う。

「それでは犯人が弱る前に動物が死んでしまう」と百瀬が言うと、まことは「今、ホテル経営者と協力してペットをあずけた人たちに個別に連絡を入れている。ボコは譲渡されたとは言え、まだおたくの子でもあるから」と言った。

リッツの経営者は「あずかったペットに何かあっても、この件につきホテルは被害者であり、責任は負いかねる」という姿勢のようだ。

百瀬は連絡を受けてすぐにリッツの地下駐車場に駆けつけた。担当刑事に会おうとしたが、「部外者は外へ」と言われた。警察にとって百瀬はあくまでも「監禁されている猫の元飼い主」でしかない。ペット救出の作戦も教えてくれず、つまり「ない」のではないかと百瀬は推測した。警察関係者の数は少なく、危機感が薄い。警察は人命を守るのが仕事なので被害者はいないという考えだ。居合わせたまことをつかまえて話を聞くと、ビル内には動物脱走防止用の見守りカメラが各フロアに備えてあり、担当刑事はそれを確認しながら犯人に不審な動きがないか見張っているという。

百瀬は土曜の夜にいったん家に戻るも、日曜早朝からリッツへ赴き、ホテルの非常階段や窓の位置などを確認、内部の構造をビルの管理会社から聞き出し、ペットの救出法を検討しているという。

「野呂さん、明日早めに出勤してもらえませんか。わたしも早めに行き、かかえているほかの案件の申し送りをしたい。わたしはその後たてこもりの件で動きます。一時間早く来てくれますか。お願いします」

百瀬からの電話のあと、野呂は眠れなくなってしまった。

七十二時間の壁という言葉が頭に浮かぶ。災害における人命救助の目安である。人間が飲まず食わずで生命を維持できる限界点が七十二時間。

猫はどうだろう？　ボコは高齢だ。

野呂はいてもたってもいられず、夜が明けぬうちに家を出た。始発電車が動いておらず、三駅ぶんを歩いて事務所にたどり着いた。

事務所へ来たって策はないのだ。ボスの頭脳が欲しい。やきもきしながらうろつくしかなかったが、ふと思い立ち、パソコンを立ち上げ、ネット情報をあさってみた。やはりどこにもたてこもり事件は漏れておらず、なのに、にんにゃんお見合いパーティーはお気楽に続行されている。野呂は頭を抱えて「くそったれ」とつぶやいた。

気持ちがくすぶる。ボコを連れ去ったまことに腹が立つ。それを許したボスにも腹が立つ。異論を唱えなかった自分にもだ。いや、最も罪深いのは自分だ。後悔に苛《さいな》まれ、立ち上がって叫んだ。

「くそったれー！」

ドアが開いた。びっくりした顔で百瀬が立っている。野呂はシマッタと思った。

八時にくると言った百瀬はなんと五時半にやってきた。

「早くないですか、先生」

「野呂さんこそ」

「だって、事件発生からすでに五十九時間経過しました！」

「あと十三時間あります」と百瀬は言った。やはり百瀬も時間との戦いだと思っているのだ。ただ、野呂と違って妙に落ち着いている。

「手は打ってあるんです」と百瀬は言う。

「犯人と言葉を交わした唯一の人間は受付のアルバイトの一木さんという女性です。まこと先生に頼んで会わせてもらいました。犯人は彼女にある要求をして、ホテルから解放した。もちろん警察には言うなと言ったそうです。警察に通報したとばれないよう、時間を稼ぐ必要があります。彼女に頼んでリッツの固定電話に電話をかけてもらいました。あなたの要求は必ず叶えます。少し時間がかかるので、ペットにごはんと水をあげてくださいと。そう留守電に入れてもらいました。フードがある戸棚、与え方も細かく説明してもらいました」

「ホテルにペットは何匹います？」

「猫七四、犬五四、蛇とうさぎ、ハリネズミとフクロウ、全部で十六です」

「無理です。犯人がペットにごはんをあげるわけないじゃないですか。蛇やフクロウにまで」

「要求を叶えるためにはやるでしょう。ペットが死んでしまったら交渉が成立しません。ここは犯人を信じましょう」

「たてこもり犯を信じろなんて」

「わたしは一木さんに頼んで、スタッフたちの食料がある場所も犯人に伝えました。夜勤用にカップラーメンや飲料水があるそうです。留守電の音声を犯人は聞いているはずです。これだけの事件を起こしたのですから、要求が通るかどうかは切実な問題ですし、目的を達成するための努力は惜しまないはずです。ペットたちの命は彼にかかってます。彼にがんばってもらうしかありません」

「警察に知られたら公務執行妨害罪で検挙されませんか。だって警察は犯人が弱るのを待っているんですよね」

「本罪は暴力と脅迫に対して問われますので大丈夫です」

「でも」

「命をひとつ残らず救うためです」

「先生、あの、今気づいたんですけど」

「はい」

「背中に背負っているのって……子どもですよね？」

百瀬は幼い子どもを背負っていた。幅の広い布でその子は百瀬の背に固定され、気持ちよさそうに眠っている。百瀬は暖房を入れ、事務所内が暖かくなるのを待って子どもをおろした。ソファに寝かせ、ブランケットをかける。男の子だ。

野呂は動転するあまり、どうでもいい質問をした。

「おんぶ紐買ったんですか？」

「家にあるシーツを切って、利用しました。わたしが育った青い鳥こども園では古くなったシーツやタオルを利用して小さな子をおぶったものです。特有の結び方で安全です。しめつけないし、落ちません。結び方を変えればだっこもできます」

「日本固有の伝統結びですか」

ほらまた、どうでもいい質問に逃げた。本論「その子は誰だ？」に迫るのが怖いのだ。

「九歳の時にわたしが思いついたんです」と百瀬は言った。

そんな頃から育児をしていたのだという感慨を胸に、野呂はようやく核心に迫った。

「その子はいったい？」

百瀬はちらっと時計を見て、「始業時間までに申し送りのほか、たてこもり事件で見ておきたい資料があるので、たたっと話します」と言った。

昨夜遅く帰宅すると玄関に春美の靴があり、百瀬はおやっと思った。

朝、出かける前に亜子から「今日は春美ちゃんに来てもらって家具の配置決めを手伝ってもらう」と聞いていたが、泊まるとは思っていなかった。春美の靴の横には小さな靴が並んでいた。春美の子は靴を履くような歳だっけと、妙な気がした。それに家の中はちっとも片付いておらず、春美が鬼の形相で百瀬を待ち受けており、「誰の子ですか！」と詰め寄ってきた。

リビングではベビーラックに春美の娘の美亜が寝かせられていた。美亜を見るのは初めてだったが、これだけそっくりだと迷いようがない。

「あなたのお子さんですよね」と百瀬は言った。すると春美は怒りに満ちた顔で隣の和室の襖をあけ、指を差した。

暗い部屋に布団が敷かれ、幼い男の子が寝かされており、亜子はその隣で大の字になって、いびきをかいていた。百瀬は押入れから毛布を出して亜子の体にそっとかけた。

　春美は言った。

「髪の長い女があの子を置いて行ったんです。百瀬先生には心当たりがあるはずだと言い捨てて。この子が背負っていたリュックの中身を確認しました」

　春美は一枚の紙を百瀬に突きつけた。「小太郎をよろしくお願いします。真弓」とだけ書いてある。

「亜子先輩はすっかりうろたえてしまい、落ち着くように言ったんですけど、残っていたシャンペン全部飲んじゃって、酔っ払って支離滅裂になっちゃって、ついに寝ちゃいました。小太郎《こたろう》くんはすみっこで固まっちゃってウンともスンとも言わないし」

　百瀬は小太郎の顔をじっと見つめた。

「くせ毛がそっくりですね」と春美は皮肉を込めて言う。

「しばらく放っておいたらきゃっきゃと笑い声が聞こえて、見たらテヌーと遊んでました。それからご飯をあげて、お風呂に入れて、寝かせました。子どもに罪はありませんから、ちゃんとうちの子と平等に扱いました」

　百瀬は「ありがとうございます」と言った。

「春美さん、小太郎くんの体に気になるところはありましたか？」

「アザも傷もなかった。おむつかぶれもない。栄養状態も良好だと思う」

「小太郎くんはどんな様子でしたか」

「それより最初の質問に答えてください。誰の子ですか」

「状況からすると、柊木真弓《ひいらぎまゆみ》さんという女性のお子さんです」

「柊木真弓と百瀬先生はどういう関係？」

「関係？　うーん、あると言えばあるかな」

「男女の関係？」

「まさか！　だって大福さんも会ったことがある人ですよ」

「え？　亜子先輩の知り合い？」

「知り合いではないです。十一ヵ月前に喫茶エデンでわたしと大福さんが食事をしている時にいきなりこの子をあずかったんです」

「え？」

「知らない女性にです。髪の長い女性です。大福さんもわたしもびっくりして」

「えええ？」

「ですから新生児の時に、大福さんもこの子を一度抱いているんです。大福さんもそのことを覚えているはずです。あの新生児と今の小太郎くんが結びつかなかったのでしょう。生まれたばかりで、髪もあまり生えてなかったし。今は生後十一ヵ月になりますね。もうじき一歳です」

「はあ……」春美は気の抜けた顔をした。

「その時はわたしがあずかり、事務所に連れて行きました。数時間ほどでおかあさんは迎えにきました。ちょっとあずけただけだとおっしゃったのですが、あとから手紙を貰いました。出産したばかりで子育てに不安になり、衝動的に手放したけど、もう大丈夫ですということでした。マタニティブルーの一種だとわたしは解釈しました。出産前後ってホルモンバランスが崩れるんですよね」

「うん、それはそう。周囲に支えてくれる人がいないとキツいです」

「ご実家に助けてもらって育ててゆくと手紙には書いてありました」

春美は「すぐに先輩に教えてあげなくちゃ」と亜子を起こそうとしたが、百瀬は止めた。

「寝かせておきましょう。わたしは早朝仕事に出なければなりません。夜が明ける前です。小太郎くんはわたしが連れて行きますので、赤坂さんは出勤に間に合う時間に大福さんを起こしてあげてください。そして今話したことを伝えていただけますか」

春美は納得し、百瀬は仮眠をとり、出勤したというわけだ。

野呂は驚いた。

「この子、あの子ですか？　喫茶店で置き去りにされた赤ちゃん！」

「置き去りではなくて、一時的にあずかった赤ちゃんです。おしずかに」

小太郎はすうすう眠っている。

「なんでその女は先生の新居を知っているんですか」

「わかりません」

「ひょっとして先生のストーカーではないですか」

「まさか」

野呂はおそるおそる言ってみる。

「小太郎くんのくせ毛が気になりませんか」

「似ていると赤坂さんに言われました」

「あの……」

「似ていると言われるとくすぐったいものですね」

百瀬はにこにこしている。

「うれしいんですか？」

野呂は納得できない。

なぜ赤の他人の子を新婚同様の百瀬が面倒見なければいけないのだ。承服しかねる。百瀬は火の粉を払いのけずに集めるタイプなのか？　火の粉蒐集家なのか？

小太郎の髪は百瀬にそっくりだ。いくら潔白でも、大福亜子は心中穏やかではないだろう。「百瀬の子だから喫茶店であずけられたのでは」と遡って疑ったりしないだろうか。似ていると言われてまんざらでもない様子のボスは鈍感すぎる。女心をわかっていない。

しかし今はそれどころではない。ボコを救わねば。

「たてこもり事件の参考資料って何ですか？」

「これです」

百瀬はブルーレイを鞄《かばん》から出した。『猫ノオトシモノ』というタイトルで大ヒットしたアニメーション映画だ。

「犯人の要求が玉野みゅうに会いたい、なんです」

「声優の玉野みゅうですか」

「有名な声優さんらしいですね。帝王ホテルのにんにゃんお見合いパーティーのアンバサダーで、会場に玉野みゅうさんの音声が流れているそうです。声が人を呼び、盛況だそうです。犯人はそれを聞いたのかもしれません」

「玉野みゅうですか……」

「野呂さんはこの映画見たことありますか」

「ないです。けど、大ヒットしたし、テーマソングを歌った歌手は紅白歌合戦に出場したし、主役を演じた声優さんは話題になりました。公開は三年前でブルーレイが販売されているにもかかわらず、今も映画館のオールナイトで上映され続けています。海外でもヒットしていますが、吹き替えは人気がないようで。やはり玉野みゅうの声の魅力がこの映画のキモですね。顔出しをしない謎の声優さんです。美少女アバターが出回っています」

「玉野みゅうさんに会う前に作品を見ておくのが礼儀だと思いまして」

「先生、玉野みゅうに会いに行くのですか？」

「警察は犯人の要求に応える気はない、応えてはいけない、という考えです。わたしは命を救うためにあらゆる可能性を試したい。玉野みゅうさんにお会いして、犯人と電話で話してもらえないか頼んでみます。すみません、急ぎます」

百瀬は業務の申し送りを済ませると、ブルーレイをパソコンにセットした。

主人公はゆるり。目つきの悪い白猫だ。昔は人間で、気が強くてわがままな男の子だった。思い通りにならないと癇癪《かんしゃく》を起こし、暴言を吐き、暴力をふるった。いじめっ子で、クラスの王様だった。

おとなしい同級生に水をかけて泣かせた日の夜、家の煙突から巨大な白猫が入って来た。「お前に罰を与える」と、太い尻尾が斧《おの》のように振り下ろされ、白猫に姿を変えられた。

「お前は今日からゆるりという名だ」と言って、巨大猫は消える。驚いて両親に助けを求めるが、「野良猫が侵入した」と水をかけられ、家から追い出されてしまう。

ゆるりは途方に暮れて街をさまよう。おなかがすいて死にそうだ。すると再び巨大猫が現れ、「人間に戻りたいか？」と笑いながら言う。「戻りたい」と言うと、「三人の悲しい人を笑顔にできたら人間に戻れる」と言われた。「どうやって？」と問うたら、巨大猫は意地悪く笑いながら消えた。

その日から罪滅ぼしの日々が始まる。

まず、悲しみを持った人を見つける。見分けるのがたいへんだ。みすぼらしい格好をしていても幸せな人はいる。立派な家に住んでいても悲しい人がいる。

悲しい人を見つけたら、まるで落し物のようにその人の前に現れ、拾ってもらう。

そしてその人と過ごし、悲しみを理解して、笑顔になれるよう考え、そう仕向けるのだ。

観察力と知恵、そしてあたたかい心がないと、笑顔を引き出せない。ゆるりは一生懸命知恵をしぼったし、観察力を身につけたが、あたたかい心を持つのは難しかった。

ゆるりは自分が一番大事で、思い通りにならないとカッとなる。その性格は猫になっても変わらない。しかし時間をかけて相手に寄り添うことを学び、どうにか二人を笑顔にできた。

三人目の「悲しい人」は、水をかけて泣かせた相手で、ハルトという名だ。ハルトと暮らしてその境遇を知ってゆくうちに、「笑顔にはなれっこない」とゆるりは思うのだった。とうとう一緒にいるのが辛くなり、「別の悲しい人を見つけてさっさと人間に戻ろう」と考え、ハルトのもとを去る。

すぐに笑顔になれそうな「ちょっと悲しい人」は街にあふれていた。ゆるりには彼らが餌に見えた。自分を人間に戻すための餌だ。街をさまよい、「ちょっと悲しい人」に拾われそうになったが、ハルトの顔が浮かび、とっさに逃げた。

餌を食べて人間の姿を取り戻しても、人間の心を取り戻したことにはならないと感じた。

ついにゆるりは人間に戻るのをあきらめ、一生猫としてハルトに寄り添うと決めた。笑顔にできなくてもいい、一緒に悲しい日々を送ろうと決意したのだ。

ハルトのもとに戻った。

「ハルト、一生そばにいる。二度とひとりにしないから」

その思いでにゃあにゃあと鳴いた。するとハルトはゆるりの背中を撫《な》でただけで笑顔になった。ゆるりは「そんなに簡単にぼくの望みを叶えるな！」と叫びながら人間の姿に戻る。

翌朝、学校へ行ってハルトに声をかける。「一緒にサッカーやろうぜ」

ふたりは生涯親友となる、という話だ。

五十分の短編映画で、野呂は途中から涙が止まらず、百瀬はただ静かに見ていた。

ラスト近くで小太郎は目を覚まし、横たわったままぼんやりと画面を見ていた。

百瀬は小太郎に話しかける。

「小太郎くん、おはよう」

反応はない。目は見えているようだが、耳は聞こえているのだろうか。

「おかあさんが迎えにくるまで、おじさんといようね」

小太郎は「おかあさん」の言葉に半身を起こし、あたりを見回した。言葉は出てこないが、耳も聞こえ、意味もわかるようだ。

百瀬は幼い頃の自分を思い出した。母が消えて、消えたことが腹に落ちなくて、あたりを見回す癖が抜けなかった。

野呂は鼻をかみながら言った。

「いい話でしたね。ゆるりの声が印象的で心に刺さります。物語もいいけど、声の力がすごいな」

「声、似ていませんか」と百瀬は言った。

「誰にですか？」

「千住澄世さんに。幽霊屋敷の依頼人の。そっくりとは言いませんが、高音の部分と鼻濁音が似ていました」

「そうだったかな……千住さんとはいっぱい話したのに、どういう声だったか覚えていません」

ドン、と乱暴にドアが開いた。

「あらまあ、みなさんお揃いで！」

七重がせわしなく駆け込んで来た。

七時半。七重はいつも九時ぎりぎりに来るのに、どうしたことだろう。百瀬は野呂には早出を頼んだが、七重には頼んでいない。セクハラだと言われるし、ややこしいからだ。

野呂が「実はたいへんなことが」と言いかけると、遮るように七重は叫んだ。

「たいへんなことですよ！　テレビを見て驚いて朝ごはんも食べずに飛び出して来ました！」

七重はリモコンをひっつかみ、事務所の小さなテレビを点《つ》けた。

大きな白い建物の玄関口が映し出された。レポーターがマイクを手にしている。

「新宿の東京城址《じょうし》医大病院に来ています。胃がんの手術で入院中の大國丸《だいこくまる》建設社長が取材に応じてくれました」

画面は病室に切り替わる。広い個室だ。ベッドで半身を起こしたごま塩頭の男がカメラ目線で訴える。

「金ならいくらでも出す。五郎を無事返してくれ」

男は目に涙を浮かべ、カメラはサイドテーブルに置かれた黒い子犬の写真を映し出す。

画面はレポーターに戻る。

「大國丸社長は在日二世。懸命に働き、苦労の末四十歳で工務店を開きました。無名の若い建築家と組み、実直な仕事ぶりが評判を呼び、ベストセラー作家芥川治《あくたがわおさむ》氏の家を建て、話題になったのは今から十年前のことです。芥川邸はテレビで何度も公開され、住みやすい日本家屋日本一の称号を得ました。これをきっかけに事業は急速に拡大。株式会社を設立し、今も順調に売り上げを伸ばしています。事業に成功しても社長には喜び合う家族はいません。恋愛も結婚もせず働くだけの人生だったそうです。半年前、芥川治氏の愛犬が子犬を産み、一匹どうですかと、小さな黒い犬を譲り受けました。五郎と名付け、今では唯一無二の家族だそうです。その五郎は社長の入院中、ペットホテルリッツにあずけられました。スタジオに返します」

スタジオはワイドショー特有の華やかなセットだ。司会はモデルのようにスタイルの良い男性で、アシスタントらしき女性が隣に立ち、交互に視聴者に訴える。

「おはようございます。ニコニコモーニングの時間です。今朝はスタッフが独自につかんだスクープをお伝えしています。なんとペットホテルたてこもり事件。まず簡単に事件をまとめてみます。フリップをご覧ください」

「金曜夕方、若い男がビルの管理業者を装い、避難訓練と偽ってスタッフ全員をビルから外へ出したあと、内側から鍵をかけてホテルを占拠しました」

「なんということでしょう。情報はどこからですか？」

「警察はなぜかまだ情報を公開していません。ホテルの経営者はペットをあずけた客に個別に連絡を取っており、客のひとりからネットに情報が流れました」

「それがこれですね」

フリップには『うちのにょろ丸が人質ならぬ蛇質に！』というツイッターの文章が引用されている。

「セイブシシバナヘビにょろ丸くんとの日常を動画配信している人気ユーチューバーのコブラさんと電話がつながっています。コブラさん、おはようございます」

「グッモーニン！」

「たてこもりから六十一時間が経ちましたが、警察からなにか情報が入りましたか？」

「警察からは一度も連絡ないっす。ひょっとして警察の身内の犯行じゃないかとおいらは推理しています。警察って身内に優しいっていうじゃないですか。警視総監の息子の線があやしいっす。ホテルも無責任つうか、もしものことがあってもなんちゃらかんちゃらって、要するにうちは被害者で、責任ないぜ的な態度で原辰徳《はらたつのり》ですよ」

「それは心配ですね」

「んだからツイッターで拡散して民意を動かそうと思ってね」

「ところでセイブシシバナヘビって、毒蛇ですよね。飼っていて怖くないんですか？」

「何回か噛まれて指が腫れたけど、だいじょーび。治る経緯とか全部動画配信してるからよろピク。噛まれるとバズるんだよね。みんな他人の不幸が好きだよね」

「コブラさんは今回どうしてリッツににょろ丸くんをあずけたんですか？」

「今新婚旅行で沖縄にきてる」

「えっ、コブラさんご結婚されたんですか？」

「そんなに驚く？　おいら結婚する資格ないって感じ？」

「いえあの、蛇をこよなく愛されているゆえに女性への愛は残っていないのかと」

「オタクを独身と決めつけてない？　いいかい、オタクは家庭的なんだよ。鉄オタも蛇オタも家庭持ち多いっすよ。でも新婚旅行くらい蛇抜きでっておくさんに言われて」

「それはそうですよね」

「こんなことになるなら一緒に旅すればよかった」

「朝早くありがとうございました。にょろ丸くんの無事を番組スタッフ一同祈っています」

会話を終えた司会者は本題に戻す。

「気になるのは犯人の目的ですが、まだ情報はつかめていませんか？」

「やはり警察が情報をシャットアウトしています」

「ここで中継が入ります。スタッフが別の被害者と連絡が取れたようです」

画面が揺れ始める。ハンディカメラの映像だ。

毛皮のコートを着た巻き髪の女性がビル街を走るように歩き、「顔は映さないで」と派手なネイルをした指で顔を覆っている。

「ひとことお願いします」

「クレオパトラをあずけたのは確かよ。ホテルから連絡もあった」

「詳しく教えてください。クレオパトラとは？」

「ベンガル猫よ。アタシが悪いことをしたわけじゃないのに、なんで朝っぱらから取材されるわけ？」

「監禁されてしまったクレオパトラちゃんへの思いをひとこといただければ」

「さよなら」

「え？」

「さ、よ、お、な、ら！」

「どういうことですか？」

「アタシは猫アレルギー。一緒に暮らすのは無理なのよ。ほとんどホテルにあずけているの。結構お金つぎ込んだわよ。アキラが部屋に泊まりに来る日だけ連れ帰ってたのよ。アキラがくれた猫だからよ。でもこの事件が起きて、誤魔化せないと思って、本当のことをうちあけようとさっきアキラの家に行ったら、女と鉢合わせた。今、大げんかしてきたの。正直クレオパトラどころじゃない。あの子がどうなってもかまわない。それどころじゃないのよ！」

新宿二丁目の古そうなビルに彼女は消えて行った。

カメラはスタジオに戻る。司会者はとりつくろうプロだ。

「クレオパトラちゃんを心配するあまり、錯乱されているようです。あ、別の被害者と連絡が取れた？　ではカメラを回します」

ひとくみの老夫婦が映し出された。女性は妙な顔の三毛猫を抱いている。

野呂はつぶやく。「ハンニャじゃないですか？」

百瀬も七重も食い入るように見つめる。

「お見合いでひと目で気に入ったんです」

老婦人はカメラにとまどいつつも、誠実に話す。

「ボコちゃんという黒猫さんです。優しいお顔でおっとりとあくびをしていました。わたしたちと同じ年寄りなんです。一緒に暮らしていけると思いました。このハンニャちゃんと一緒にうちの子になってもらう予定でした。それがこんな事件に……。わたしどもが選んだせいで、巻き込まれてしまった。ごめんなさい、ボコちゃん」

老婦人は泣き崩れ、夫は苦悩の顔で妻の肩を抱いている。ハンニャは懸命に老婦人の涙を舐《な》める。

現場のレポーターが話を続ける。

「ご夫婦は帝王ホテルに宿泊中、にんにゃんお見合いパーティーに参加して、黒猫の里親になる契約をし、この事件に巻き込まれたということです」

その後、にんにゃんお見合いパーティーの映像とともに、里親募集の告知を番組は流した。

「この子、どうしたんですか？」

七重は今気づいたようで、テレビの音量を下げて小太郎に近づいた。

「去年の春、ここであずかった赤ちゃんを覚えていますか？」と百瀬は言った。

「忘れられませんよ」

「その時のおかあさんがわたしのうちに来てあずけていったんです」

「おやまあ、なんてこと」

「どうやってうちの住所を知ったのかは謎です」

「わたしが教えました」

「え？」

「ここに電話があったんですよ。一ヵ月くらい前ですかね、百瀬先生いますかって」

「で？」

「いなかったので、いないと答えました。以前子どもをあずかってもらったお礼を言いたかったと言うから、今どうしているかと聞いたら、元気にしていますと言うので、ほっとしましたよ。で、うちの先生もとうとう結婚しますと言ったんです」

野呂が割り込んだ。

「結婚？　なんでわざわざ先生のプライベートを公表するんですか」

「いいじゃないですか、いいふらしたいんですよ。おめでたいことだから」

「入籍も挙式もまだですから、結婚ではなくて、同棲《どうせい》です」と野呂は言った。

すると七重は真っ赤な顔で、ワントーン声をはり上げた。

「やめてくっさい！　わたしゃ同棲って言葉が大嫌いでしゅ。はしちゃない！　聞きちゃくありまへん！」

動揺してろれつがまわらなくなっている。

「じゃあ、事実婚。事実婚と言うべきです」と野呂は食い下がる。

「つまり結婚じゃないですか。だから結婚と言いました。百瀬先生、いいですよね？」

「はい、大丈夫です。で？」百瀬は急ぎたいのだ。

「それはおめでとうございますと彼女は言って、お祝いを贈りたいから住所を教えてくださいと言ったんです。だから教えました」

「そういうことですか」

「お祝いに子どもをくれたんですかね」と七重は言った。

「違います」

百瀬は意識して大きな声で言った。

「小太郎くんの、おかあさんは、ちょっと用事があって、わたしにあずけただけで、む、か、え、に、き、ま、す！」

野呂は察して加勢した。

「おかあさんはきっと迎えにくるから、それまでここで遊んでいようね」と小太郎に話しかけた。小太郎は無反応だ。

百瀬はおんぶ紐を小太郎の背に回し、「いいえ、あずかったのはわたしなので、わたしが小太郎くんを連れていきます」と言い、背負う準備をした。

「ばかを言ってはいけません！」

七重は紐を取り上げた。

「百瀬先生、今からボコを助けに行くんですよね。ボコだけじゃない、リッちゃん、ホテルのすべての命を助けに行くのでしょう？　現場に子どもを連れて行ってはいけません。小太郎くんのためになりません」

「七重さん」

「『子連れ狼《おおかみ》』を知ってますか？　子連れの殺し屋の話です。息子の大五郎は毎度毎度命の危険にさらされます。あれは見ていられない。ひどいドラマです」

「原作は漫画です。『漫画アクション』という雑誌に連載されており」

野呂の薀蓄《うんちく》を百瀬が遮った。

「わたしは人を殺しに行くわけではありません」

百瀬は急ぎたい。しかし七重は首を横に振る。

「先生はやはり男ですね。わかってない。いいですか？　子育ては女の仕事です」

野呂と百瀬は顔を見合わせた。

七重はよくセクハラパワハラと人を責めるけれど、「子育ては女の仕事」とは。これほどのセクハラ発言があるだろうか。

七重は自信たっぷりだ。

「わたしをバカにしていますね？　結構です。時代遅れ上等ですよ」

七重は小太郎を抱き上げた。

「わたしはね、おかあさんという言葉に誇りを持っています。女が持つ最大かつ最高の特権です。そしてわたしはね、女の特権を男と分かち合うほど親切じゃありませんせん」

「あの」

「特権を手放す女は愚かですと、金沢で言ってやりました」

百瀬は言葉を失った。

野呂はあせりまくった。

「七重さん、まさか。先生のおかあさんに会いに行ったんですか？」

七重は小太郎をソファに座らせ、ペットボトルの水をカップに移して与えた。小太郎はカップを両手で持ち、夢中で飲んでいる。喉が渇いていたのだ。百瀬も野呂も小太郎の水分補給など頭になかった。ふたりは反省した。やはりかなわない。女は強し。

七重は「飲むの上手ね」とささやき、立ち上がった。

「ええええ、会いに行きましたとも。百瀬先生が会ったあとですよ。わたしはね、おかあさんが刑務所に入ったと聞いてすぐに行きたかったんです。でも、先生が先に会うべきですから、待っていたんです。先生がぐずぐずしているから、こっちはえらいこといらいらさせられましたよ」

七重は自分も水を飲んだ。喉を潤し、まくし立てた。

「先生はおかあさんに再会したけど、きっと文句を言えなかったと思いましてね、わたしゃひとこと言ってやりたくて、金沢まで行きました。うちの旦那にわがやのポンコツ軽を運転してもらって、片道六時間もかかりましたよ。ナビ壊れてますけどね、旦那は郵便配達歴三十五年のプロですから、迷うことなくわたしを刑務所に届けてくれました。刑務所に行くのは初めてでしたけど、職員さんはみんな親切で、ちゃあんと手続きを踏んで、会えました。青い目だし綺麗だしびびりましたけど、言ってやりました。どんな理由があったって、七歳の息子を手放したのは間違いだ。あなたの息子があなたを許しても、わたしは許さないと。おかあさんは子どもの手を離しちゃいけないんだ。おかあさんという女の特権を手放しちゃいけないんだと言ってやりました」

野呂は激怒した。

「七重さん、なんてことを！　おせっかいにもほどがあります。親子関係に土足で踏み込むなんて無神経です！　自分がやったこと、わかってますか？」

七重は受けて立つ。

「野呂さんはそうやっていつもすました顔で常識的に振舞っていますけど、結局ボコを持って行かれて、後悔してるじゃありませんか！」

「それは……」

「女のわたしにしか言えないことを言ってやったまでです！」

事務所内はしいんとした。小太郎はぼうっと大人たちを見つめている。

百瀬は言葉を失い青い顔をしていた。息もしていないように野呂には見えた。まるで幽霊のようにすーっと七重に近づいた。思いつめたような百瀬の青い横顔を見て、野呂は「さすがに怒ったのだ」と思った。手は出さないだろうが、七重を攻撃する、そう思った。事務所史上はじめてここに不協和音が響くのだ。七重がやり過ぎたのだ。

百瀬は七重に近づくと、そっと抱きしめた。ハグだ。

野呂は腰が抜けるほど驚いた。ボスのハグは見たことがない。許すという意味なのだろうか？　いや違う。野呂の目には母親にしがみつく幼子のように見えた。

七重はなんとも言えない顔をして、百瀬の背中をぽんぽんと叩いた。そしてそっと百瀬を押しのけ、「セクハラです」と言った。

百瀬は赤い目をして「母は……何か言ってましたか？」と言った。

「おかあさんはわたしが怒鳴っている間、ずっと天井を見ていました。血ですねえ。親子でやることなすことそっくりですよ。そしておかあさんはわたしを見て言いました。太郎のためにありがとう、安心したと」

男ふたりは黙り込んだ。七重だけが現実を忘れなかった。

「わたしは今から小太郎くんにホットケーキを焼きます」

小太郎は「ホットケーキ」に反応し、ソファからずるりと降りて七重の太ももにしがみついた。

「あなたは子どもだから許すわ」七重は微笑んだ。

百瀬は言った。

「七重さん、わたしたち男は……男たちは、七重さんのような女性に甘えてきたんです。甘えすぎたんです。でももう、おそらくもう、無理なんです。もし、小太郎くんのおかあさんが迎えにきたら」

「わかってますよ。叱ったりしませんとも」

「ありがとうございます」

「でも、見極めますよ。渡してもいいかどうか」

「はい。お任せします。ではあとはお願いしますね。小太郎くん、おじさんは行くよ」

小太郎は七重から離れない。百瀬はコートを羽織り、出て行こうとした。

「先生、テレビ」と野呂が言った。

テレビ画面にはスマホで撮った動画なのだろうか、ガラス越しにリッツの一階フロアが映し出され、受付嬢が全身黒ずくめのひょろりとした男と話している。

野呂がリモコンで音量をあげた。

「ホテルの一階は有名デザイナーのソファがあります。待ち合わせに使おうとした人が偶然外から撮った動画に犯人らしき男が映っていました。さきほどこの動画を公開したところ、次々と似た男を知っているというツイッター情報が流れ始めました」

高校時代に部活で一緒だった田中に似ている　#たてこもり犯

幼馴染《おさななじみ》の青木っぽい　#たてこもり犯

鈴木じゃね？　#たてこもり犯

近所の公園で寝起きしているヤツに似てる　#たてこもり犯

百瀬はドアを開けて外へ飛び出した。

要塞のような打ち放しのコンクリート。表札も郵便受けもない。

真っ赤な鉄の扉の前に立つとセンサーが反応し、「ドチラサマデスカ」とデジタル音声が流れた。ＡＩが組み込まれたセキュリティーシステムだ。「弁護士の百瀬です」と答えると、「アンショーバンゴー」と返ってくる。事前に知らされていた番号をそらんじた。

扉が開いた。

一歩入るともうそこは家の中だ。吹き抜けの天窓からふんだんに外光が取り込まれて、あたたかい。湿度も高く、いっきに汗が吹き出す。百瀬はあわててコートを脱いだ。

幽霊屋敷の暗さと対照的に白くまぶしい空間だ。

屈強な男が待ち構えており、「ここで履き替えてください」と言う。

出されてあるスリッパに履き替えた。玄関と室内に段差はなく、リノリウムの床はゆるやかに傾斜している。最新式のバリアフリー設計だ。

左にはガラスの壁の向こうに巨大なキャデラック。流行《はや》りのレンガ色だ。室内ガレージである。家の中で車に乗り込むことができる。裏手にシャッターがあり、そこから車を出せる仕組みだ。

男は白い半袖シャツに黒いジャージー素材のボトムスで、スポーツインストラクターのようにきびきびと動き、「こちらへ」と案内してくれる。

一階は生活感がなく無機質なフロアだ。事務所を兼ねているのだろう。打ち合わせに適したコーナーがあり、そこに座るように言われた。テーブルには誓約書があり、ここの住所やここで交わされた話は互いに口外しないと書いてある。サインをすると、「こちらへ」とさらに奥へ案内された。

エレベーターがある。先に男が入り、百瀬はおずおずと乗り込んだ。本当にここは玉野みゅう邸なのだろうか。声のイメージからメルヘンチックな家を想像していたが、近未来的な設計である。ふと、玉野みゅうは存在しないのではないかという思いが頭をよぎる。

個人事務所で連絡先は非公開。

以前百瀬は死なない猫案件で大手芸能プロダクション『桜《さくら》』の社長と会ったことがある。今回、玉野みゅうに話をつなげてもらうよう頼んだが、「自分だって会えないんだ」とけんもほろろであった。アニメ『猫ノオトシモノ』には『桜』のタレントも声優として複数出演していたが、誰も玉野みゅうに会ったことがなく、完成直後に関係者のみで観る零号《ゼロ》試写にも来なかったそうだ。『桜』の社長は映画プロデューサーの連絡先を教えてくれた。その映画プロデューサーを通じて玉野みゅうのマネージャーのメールアドレスを手に入れた。「百パー無視されるはず」という言葉とともに。

だめもとでメールを送った。「命にかかわる事案で、貴殿の協力が不可欠」と伝え、簡単な自己紹介文も添えた。するとすぐにマネージャーから電話がかかってきて、「本人が会うと言っている。会ったこと、場所、内容等口外しないという誓約書を送るので、サインをして送り返すように」と言われた。そこを「一刻を争うのです、サインはそちらでします」と無理を言った。

この屈強な男がマネージャーだろう。電話の声と同じだ。エレベーターは三階へと向かう。

「話をつなげていただいて、ありがとうございます」

「本人が会いたいというから、しかたない」と男は言った。当人をやや下に置いたような話し方だ。やはり玉野みゅうは存在するのだ。幼い子どもなのかもしれない。あの透明感は十年も生きていれば失われてしまうものかもしれない。

「なぜわたしに会いたいとおっしゃるのでしょう？」

「ビイのためじゃないかな」

エレベーターは三階に着き、扉が開いた。

広いリビングルームだ。外光が四方から取り入れられ、観葉植物がふんだんに置かれている。冬なのに蝶が飛んでいる。南国へ来たような気分だ。湿度は高い。壁には巨大なモニターがはめ込んであり、地上波の情報番組が流れている。

「犯人の命とペットの命、どちらを重く見るか、犯罪アナリストにお伺いします」

「ハイジャックなど、のっとり事件対応の鉄則ですが、犯人の要求に応えたらいけません。前例をつくり模倣犯を生みます」

「そもそも犯人の要求は開示されていません。警察は公開しないと言っています」

「政治的なテロ行為かもしれません」

「狂信的な動物愛護グループの線は考えられませんか？」

ふっと画面が消え、静かになった。

ゆったりとした車椅子に腰掛けた白髪の女性がリモコンをローテーブルに置き、百瀬を見た。女性の足元には大型の長毛猫がいて、ゆっくりと百瀬に近づいてくる。

百瀬はひざまずき、「ビイ」と声をかけた。猫は百瀬に飛びついた。ずっしりとした重みに、抱きとめた百瀬は尻餅をつく。

「ビイ」

二年前、百瀬の事務所で一ヵ月ほどあずかっていた大型猫ラグドールである。

鎌倉に住んでいた高齢の女性が大切にしていた。女性の持病が進行し施設へ入ることになったが、どの施設からも「ペットは不可」と断られた。

「施設を説得してくれないか」と女性から百瀬に依頼があった。最期を愛するビイと過ごしたいというのだ。百瀬はもっともな願いだと思った。

女性は体の機能が衰え、すぐにも施設への入居が必要だった。一時的に百瀬がビイをあずかり、女性は入居した。施設と交渉を続けている間に女性は体調を崩して病院に搬送され、ビイに会うことは叶わずに亡くなってしまった。

人生の幕を閉じるとき、共に暮らした大切な相手と過ごせないのは、心残りだっただろう。

今はネットでものを買えば翌日には届く。日常の快適さはフルスピードで進化するのに、子どもを育てるのが難しく、しずかに人生を閉じるのも困難だ。

彼女の身内は猫の引き取りをこばんだため、ビイは百瀬の事務所が引き受けた。集団生活に馴染めない様子だったので、アパートに連れ帰ったこともあったが、テヌーとも折り合いが悪かった。

まこと動物病院で里親募集をしたところ、血統書付きの純血種なので希望が殺到し、すぐに譲渡が決まったが、新しい里親に馴染めず、出戻りを繰り返した。

ビイは亡くなった女性との絆《きずな》が強かったようだ。「最期に立ち会えていたら、納得できたのでは」と百瀬は思ったが、「センチメンタルな考えだ」とまことに一蹴された。

その後まことは例外的に高齢の女性に譲渡を決めたと連絡してきた。ビイが懐いたからだという。高齢の女性であることがビイを安堵させる要素だったのだ。ビイは百瀬にも懐いていた。「あんたと老婆は同じ匂いがするってことさ」とまことに笑われた。

ビイは目の前にいるこの女性に引き取られたのだ。

「ビイがお世話になった猫弁先生には一度お会いしたかったんですよ」

上品な声だ。もちろん玉野みゅうではない。声が低すぎるし、重すぎる。白髪で車椅子だが、それほど高齢ではなさそうだ。水色にハイビスカスの花柄のムームーを身につけ、二の腕は白くほっそりとしている。

「はじめまして、百瀬です。ビイを引き取っていただき、ありがとうございます」

「それで？」と女性は言った。

百瀬はエレベーターホールを振り返った。マネージャーは姿を消した。

「ペットホテルたてこもり事件のことで、玉野みゅうさんにお願いがあって」

女性は「テレビで話題ね。それで？」とこちらを見据える。

「玉野みゅうさんにお願いがあるのですが」

女性は微笑んだ。

「わたくしに決定権があるの。要求をおっしゃい」

なるほど玉野みゅうは未成年なので祖母が社長をしているのか。

玉野みゅうのような透明感はないが、ずっと聞いていたい耳に残る声である。声もだが顔も美しい。貴婦人という言葉がぴったりで、優雅だ。豊かな白髪は金沢の母を思わせた。

「たてこもり犯の要求は玉野みゅうに会いたい、なのです」と百瀬は言った。

女性の顔から微笑が消えた。

「犯人はナイフを持っています。会っていただくのは無理ですが、電話で話して説き伏せていただけないかと」

女性は黙ったままだ。

「警察は犯人の要求を飲むつもりはありません。だからこちらに連絡はないはずです。犯人の要求については今後も公開しないそうです。万が一ペットが犠牲になった時に、玉野みゅうさんがバッシングされてはいけないので」

「百瀬先生は犯人の要求を飲めと？」

「はい」

「法を犯した人の要求を叶えるのは公平かしら？」

「公平ではありません。正しいかと問われれば、いいえと答えます」

「監禁されているペットたちを救うためですか？」

「それだけではありません」

「正直におっしゃい」

「犯人の願いに向き合いたいんです。彼がこうなるにいたった経緯を理解し、そして」

「そして?」

「救いたいんです」

百瀬ははじめ確信がなかった。ひょっとしたらという微《かす》かな可能性から始まって、それはまるでコバエのように、いたと思ったら消えて、またふと現れる。丹念に調べるほどにコバエははっきりと姿を見せ、可能性はつながった。そして今、玉野みゅうの「声」が必要だと確信している。

「弁護士が公平ではないことをしようとしているんですね?」

「公平ではないからです。そもそも公平ではないから、公平にしたいのです」

「あなたが救いたいのは犯人?」

「うちの事務所の猫も監禁されています。猫も蛇もうさぎも救いたいです。しかしあそこに監禁されているのは……」

「誰かいるの?」

「犯人です。彼が彼を監禁しているのです」

女性は天を仰いだ。アオスジアゲハが彼女の周囲を舞っている。

それにしても湿度が高い。冬の乾燥でさっきまでイガイガしていた喉がすっかり楽になった。そうか、喉のために湿度を上げているのだと百瀬は気づいた。

彼女はゆっくりと百瀬を見た。

「わたくしには理解できないけれど、百瀬さん、あなたのことは信頼している。犯人の願いを叶えたほうがいいのね、きっと」

「ありがとうございます！」

百瀬は上着の内ポケットに入れてある封筒を出そうとした。

「協力したいけど、無理よ」

「え？」

「お帰りください」

「玉野みゅうさんに会わせてもらえませんか？　危険な目には遭わせません。この家から連れ出しません。ここで、わたしのスマホを使って。そうだ、あなたにも立ち会っていただいて」

女性は大きな目を見開いて言った。

「わたくしが玉野みゅうなの。本名は瀬長ゆう」

玉野みゅう邸を出ると、百瀬は一件電話をした。会う約束を取り付けると、走った。最寄り駅に駆け込み、電車に飛び乗る。流れる風景を見ながら、百瀬は瀬長ゆうの半生を思った。

彼女は幼い頃から人を惹《ひ》きつける美声をもっていた。少女時代に歌手としてスカウトされたが、表舞台に立つのが苦手で声優になった。声が美しいだけではなく、演技に突出した才能があり、役になりきるだけでなく、台本の想定を超えるキャラクターを生み出した。

七色の声と業界内で賞賛され、オファーが殺到した。ホラーに出演するとき、喜劇のとき、役に憑依《ひょうい》し別の声になる。あまりに違う声なので、作品ごとに芸名を変えてクレジットされた。注目されたくないという本人の意向も強かった。タレントのように取材に応じることもなかった。瀬長ゆうは名声を望んでおらず、ごく普通に恋愛し、結婚もし、出産もした。十年前に交通事故に遭い、夫は亡くなり、彼女は足が不自由になって、惜しまれつつ引退。声優はスタジオで動き回らなければならず、収録ができないからだ。

彼女はひとり息子に支えられ静かに暮らした。あの屈強なマネージャーは息子なのだ。

ところが、彼女の才能に惚《ほ》れ込《こ》んだプロデューサーがあきらめきれず、彼女ありきのアニメ映画の企画を立ち上げた。『猫ノオトシモノ』の白猫ゆるりは彼女を念頭に作り上げたキャラクターで、彼女以外の声優は考えられないと主張し、車椅子でも参加できるよう、特別な収録スケジュールを組んだ。まずは主役抜きで収録し、彼女はひとりだけで収録、あとから声を被《かぶ》せてゆく手法だ。

彼女の演技力は衰えておらず、むしろ年を経て深みを増していたが、たったひとつ、問題があった。そのことは彼女自身が先に気づいて、監督に伝えた。

「もっと透き通った若い声のほうがいい。ゆるりらしくない」

十年の歳月とブランクが彼女から若さを奪い、それが声の質感に微妙な違いを生んでいるのだ。幼さは演技で生み出せるが、透明感だけはどうにもならない。観客は違和感を持たないだろう。それくらいの微妙な差異なのだが、プロ意識の強い彼女は「わたしではゆるりになれない」と思ったし、監督もそれを理解した。

ではどうするか。若い声優に代えてみても、やはりゆるりではない。ゆるりを演じられるのは彼女しかいないとあらためて監督は思った。そこで、音声合成ソフトを用いて彼女の声に修正を加えることにした。高度なソフトと丹念な手作業により、根幹部分や抑揚はそのままに、独特の透き通る質感を生み出したのだ。玉野みゅうの誕生である。加工の工程が緻密で高度なため、ボイスチェンジャーのようにリアルタイムで会話することは不可能だ。

瀬長ゆうは百瀬に言った。

「近い声は出せるけれど、ゆるりのコアなファンなら気付いてしまうでしょう」

そして、「声優の矜持《きょうじ》として」と断った上で言った。

「アニメーションは多くの人々に生きる希望を与える。先が見えない生活にひとすじの光を見せる。今は多くの人間が孤独を感じているし、みんなゆるりを求めている。だからあれほどヒットしたの。みんなの渇望があの物語を生み出した。わたくしも孤独だし、わたくしもゆるりを求めている。みんな玉野みゅうはどこかにいると信じている。実はおばあさんで、声を加工していたなどと絶対知られてはいけない」

瀬長ゆうは断固として拒絶した。

「たったひとりの犯人のために、あの物語で救われた多くの人々の夢を踏みにじることはできない。玉野みゅうはあの物語の中にだけ生き続ける」

百瀬は納得した。

「作品を見たすべての人をゆるりは励まし続けるでしょう」

百瀬は電車の窓から外を見続けている。コートは手に持ち、胸に手を当てている。内ポケットの封筒を手で確かめながら、思考を駆け巡らせていた。

まだ道はある。


ペットホテルリッツの地下駐車場の警察車両で天川悠之介はあんぱんを食べている。

隣で部下の野口は握り飯を頬張っている。車内は海苔とうめぼしが融合した芳しい香りが充満し、天川は唾液分泌を促進されつつ、半ばやけくそであんぱんを食らう。新婚の野口はいつも愛妻弁当を携えている。署では部下に「飯買ってこい」が定石だが、弁当持参の野口には言いにくく、天川は自分で購入したあんぱんを黙々と咀嚼《そしゃく》する。

「刑事ってホントにあんぱん食うんですね」

野口は感心したように言う。去年まで交番勤務だった野口。あこがれの刑事の職につき、なにもかもが珍しく、新鮮に感じるようだ。

「サンドイッチやハンバーガーだと具がこぼれるだろ。張り込みには向かない」と天川は先輩風を吹かす。

野口は膝にこぼした飯粒をつまんで、不安げに言う。

「おにぎりもまずいですか？」

「握り飯は大和魂を鼓舞する正しい食べ物だ。さっさと食え」

「なるほど大和魂ですか。おひとついかがですか？」

愛情たっぷりの真っ黒なカタマリが差し出された。

「奥さんに悪い」

「喜びます、うちの奥さん、天川さんのファンっすから」

「え？」

「全国警察柔道選手権で優勝したじゃないっすか。うちの奥さんとジブン、武道館で試合を見ていました。すっげー格好よかった」

「では遠慮なく」

天川は受け取り、握り飯にかぶりつき、「うまいなあ」と言った。本当にうまい。

「やった。うちの奥さんに伝えます。明日からふたりぶんだ。推しのためなら張り切って作りますよ」

「ばーか、奥さんに甘えるな」

天川は握り飯が大好物だが、コンビニでは買ったことがない。あの包装フィルムを見ただけで気持ちが萎える。握り飯は商品ではない。魂の食べ物である。人がなんと言おうと、買った握り飯は食いたくない。自分で作ったことはあるが、うまくなかった。どこがいけないのかわからない。ひょっとしたら、「人の手によること」が握り飯の醍醐味《だいごみ》かもしれない。

「お前は幸せだなあ」と心からつぶやく。

野口は「幸せっす」と微笑んだ。

たてこもり犯はちゃんと飯を食っているだろうか、と天川は考える。

たてこもって四日目になる。明朝、野口とふたりでビルに突入し、事件を収束させる予定だ。

ビルの管理会社の協力で、各フロアの監視カメラの映像を警察車両内で確認できている。犯人は一木月美が入れた留守電を聞いたらしく、犬のフロア、猫のフロア、その上のフロアに行き、律儀に餌を与えている。動物の脱走防止用のカメラなので、スタッフの休憩室は映らない。犯人がスタッフ用の備蓄品を食べているかどうかわからない。百瀬弁護士が一木月美に余計なことをさせたため、犯人確保が遅れた。百瀬は暴力をふるったわけではないので、公務執行妨害で検挙できない。百瀬は今も勝手に動いているようだが、法律のプロなので巧妙にすり抜ける。やっかいだ。

人質はいない。警察本部の意向で、人数を絞って事件に当たっている。

被害者はペットではない。監禁されているペットの飼い主が被害者だ。彼らの命が脅かされているわけではなく、あくまでも彼らのペットの命が脅かされているだけである。それが警察の対応レベルを下げている。

ペットが死んでも刑事事件としては器物損壊罪だ。被害者対応は獣医の柳まこととホテルリッツの支配人に任せてある。あとで裁判になるとしたら、民事だ。警察は関係ない。

百瀬が一木月美に留守電を入れさせた件だが、あとから知って、なるほどその手があったかと天川は思った。逮捕は遅れるが、天川とて、動物の命を疎《おろそ》かにしたくはない。

口止めをしたにも拘《かか》わらず、蛇の飼い主がネットに事件をばらしてしまい、報道規制は解除せざるを得なくなった。ビルの周囲は規制線をはって報道陣が入れないようにしているが、犯人がスマホを持っていれば、警察が動いていることを知ったはずだ。自暴自棄になって火でも放てば、人命に関わる。しかし今のところ目立った動きはない。

犯人はスマホを持っていないのかもしれない。凶器は百円均一ショップで売られている果物ナイフだけ。柔道五段の天川ひとりで制圧できるのは明白だ。

ただ、天川は待ちたかった。犯人が自ら投降し、姿を見せることを。それで犯人の量刑は変わる。署の幹部は「外に漏れる前に逮捕すべきだった」とご立腹で、「すぐに制圧しろ」と言ってきたが、「明朝には必ず」と言って、時間を稼いでいる。

一木月美を人質にとらず、きれいさっぱりスタッフを解放した犯人に、潔さを感じる。ペットに餌や水を与えているところも人間味がある。要求が通らないと自覚すればおとなしく投降するだろう。

車両の窓を叩く音がした。獣医の柳まことだ。窓を開けるやいなや、彼女の強い声が耳に刺さる。

「犯人から電話があった！」

「なぜあんたに？」

「リッツの固定電話に登録されてるんだ。体調を崩した猫がいるから、その猫だけ解放すると。ひとりで取りに来いと」

「犯人が病気の猫を解放すると？」

「意図はわからないが、わたしは行く」

天川は柳まことともに地上へ出た。

外付けの非常階段の下で天川は待機し、白衣を着た柳まことだけが犯人の指示通り階段を上って行く。すでに三階のドア前にキャリーバッグが置いてあり、まことは中を確認すると、バッグを抱えて階段を降りてきた。

「非常口のドアには鍵がかかっていた。話しかけたが応答はない」

天川はバッグの窓から中を見る。

「豹？」

「ベンガル猫だ。たしかに元気がない。すぐに病院へ連れて行く」

まことは白いバンに乗り込んで去った。

天川はビルを見上げた。


百瀬は石造りの門の前で息を整えた。

井の頭公園駅から走り通しであった。そのせいか目の焦点が合わず、インターホンのボタンを見つけるのに時間がかかった。どうにか押して名乗ると、「どうぞ中へ」と答えが返ってきた。

玄関までのアプローチがやけに長く感じる。やっとたどりつき、玄関ドアを開けると、薄暗い室内に白い服を着た千住澄世が立っていた。ゴッホは澄世の足元にいる。なにか亡霊を見ているような気分になる。目の焦点が合いにくいのだ。一礼して靴を脱ぎ、上《あ》がり框《がまち》に片足をかけるが、妙に高く感じて、「よいしょ」とつぶやき、どうにか上がった。

奥へと案内された。廊下も長く感じる。そしてとても暗い。

応接間は窓が大きく、白いカーテンが揺れていた。たいした光ではないのにまぶしく感じる。長いテーブルの端に座る。座っても動悸が治まらない。走り過ぎたのかもしれない。

澄世は香りの高い紅茶を丁寧に淹れてくれた。ゴッホは百瀬に寄りつきもせず、すっかり澄世の側を離れない。ゴッホという名はもう似合わない。やさしい顔になった。仲良く暮らしているようでほっとする。

自分が訪れたことで澄世が過呼吸になっていないか気になった。

「息が荒いですけど、大丈夫ですか？」

逆に聞かれてしまった。呼吸が乱れているのは百瀬のほうだ。

百瀬は内ポケットから白い封筒を出して、テーブルの上に載せた。

「幽霊屋敷の郵便受けに入っていた手紙です」

澄世は封筒を手に取った。幽霊屋敷の番地で、宛名は鈴木晴人。差出人の名前はない。

「以前この家を借りていた人への手紙ですか？」

「あの家を借りた人で、鈴木という苗字の人はいませんでした」

澄世は怪訝《けげん》な顔をした。

百瀬は鞄からブルーレイを取り出して言った。

「再生できますか？」

「ええ。母が映画好きだったので、シネマルームがあるんです。でも『猫ノオトシモノ』はわたしも持っていますし、何度も見ました」

百瀬はほっとした。

「それでは話が早い。実は今新宿のペットホテルに男がたてこもっていて」

「ニュースで知りました。犯人つかまったんですか？」

「まだです。ここからが極秘情報なので、誰にも話さないでほしいのですが」

「わたしにはゴッホしか話し相手がおりません」

百瀬はうなずき、話を進める。

「犯人の要求は、玉野みゅうに会いたい、というものです」

「ゆるりの声優さんですか」

「はい」

「それは無理ですよね。お顔出しなさらないかたですもの。でも、なぜ会いたいのかしら。どんなに素敵なかただとしても、わたしは会いたくないです。だってこの作品を見返すたびに顔が浮かんでしまうもの」

「玉野みゅうとして、犯人と会話をしていただけませんか？」

「え？」

「千住さん、声が似ています」

「似ていませんよ、全然」

澄世は冗談だと思っているようで、可笑《おか》しそうにふふっと笑った。

「ご自分ではわからないと思います。人の声は空気を伝って耳に届きます。それを気導音と言います。千住さんの声は気導音でわたしに届いています。千住さんは自分の声を気導音と同時に骨導音でも聞いています。それで違った声に聞こえているのです」

百瀬はスマホを出した。

「何かしゃべってもらえますか？」

「そんな、急に話せと言われても」

百瀬は録音した声を再生した。

「そんな、急に話せと言われても」

澄世はハッとした。

「どうです？」と百瀬は言った。

澄世は無言だ。微笑みは消えた。

「そっくりではありませんが、透明感とか、質感が似ています。もちろん、犯人に会ってとは言いません。電話で話してもらえませんか。玉野みゅうとして」

澄世は首を横に振った。

「無理です。そんな」

「お願いします。言葉はわたしが用意します。簡単な会話と、投降を促してほしいのです」

「それより手紙。この手紙のことで話があるって電話でおっしゃいましたよね。わたしが依頼した幽霊屋敷の件でいらしたんですよね。手紙を開封したいんですよね。開封する権利がわたしにあるから、わざわざ持ってきたのでしょ？」

「いえ、わたしはすでに読みました。刑法第一三三条信書開封罪に当たります。親告罪なので、被害者が告訴しないと罪になりません。鈴木晴人さんがわたしを告訴すれば警察は受理するでしょう。ただし正当な理由が認められた場合は処罰されません」

「正当な理由があるんですか」

「鈴木晴人さんを救うためです。わたしは急いでいたため本人の許可を得ずに読みました。千住さん所有の家屋の郵便受けに入っていたとしても、千住さん宛ではないため、千住さんにも読む権利はありません。ひょっとしたら鈴木晴人さんは告訴するかもしれない。わたしたちふたりは被告になるかもしれない。でも、読んでください。お願いです。その上で犯人と話してもらいたいのです」

ふっと目の前が暗くなった。

母がいた。青い瞳でこちらを見ている。

真っ白な家の中だ。

百瀬は学生服を着ていた。手にはオミナエシを握りしめている。黄色い小さな花弁がたくさん付いているやさしげな花だ。学生服は冬服なのに、夏に咲く花を持っている。

「カーネーションが見つからなくて」と百瀬は言い訳をした。

「それは野に咲く花でしょう？」

「摘んできたんだ。一番きれいなやつを」

「オミナエシは花瓶にさすと腐った匂いがするのよ」

百瀬は手に持った花に顔をうずめてみた。

「嫌な匂いなんてしないよ、ぜんぜんしない」

「だんだんしてくるの。家の中にいるとやがてそうなるのよ」

「そうなの？」

「花は野にいたいから、いやだいやだと抗議するのよ」

「ごめんなさい」

「わたしもう行くわね」

「おかあさんもいやなの？　うちがいやだから出て行くの？」

「そうよ。いやなところにはいられないもの」

「待って！」

「て」と発音して、その力みで目を覚ました。

暗い。真っ暗だ。ここは幽霊屋敷か。嫌な夢を見た。長い夢だ。

体を起こしてみる。関節がギシギシする。幽霊屋敷に泊まった翌朝、柳まことから電話があった。たてこもり事件が起こったと。そもそもそこから夢だったのか？　電話がくる前、夜中に郵便受けで手紙を見つけた。それも夢？

差出人の名前がない封筒。宛名の人物に届けるため、封を開けた。手紙を読んで衝撃を受けた。そこへ、まことからの電話があったんだ。たてこもり事件は「今」起こっており、ペットを救わなければならない。警察は動かない。人質がいないから。

現場へ飛んで行き、関係者に頼んで留守電に吹き込んでもらった。できる限りの手を打ったが、手紙も放ってはおけず、宛名を手掛かりに調べた。どちらも手を抜けない。一刻を争うからだ。飲まず食わずで動き回り、そう、少しだけ寝ようと自宅に帰ったら真っ黒いケーキを出されて……苦くて目が覚めた。翌朝も早くから家を出て手紙について調べ、ほぼ輪郭がつかめた。リッツへも行き、犯人が投降していないことを知り、仮眠をとるため自宅に戻ると小太郎がいて、春美に怒られた……。

すべて現実だ！　夢なんかであるものか！

ふっと明るくなった。

「目が覚めましたか？」

美しい声だ。手にめがねを渡されて、あわててかけると、千住澄世が心配そうにこちらを見ている。千住邸の応接間の窓際のソファでいつの間にか寝ていたようだ。

「わたし、ずっとここに？」

「テーブルで話をしている最中に急に突っ伏してしまって、びっくりしました。寝息が聞こえたので救急車は呼びませんでした」

「わたし、寝ちゃったんですか……」

「はい、いきなりバタッと。お出しした紅茶もひとくちも飲まずに。入っていらした時から顔色が悪いと思っていたんです。過労じゃないですか？　テーブルに突っ伏して、めがねが壊れそうで。わたし、ソファで休んだほうがいいと思って、耳元で何度かそう声をかけたら、目をつぶったままハイとおっしゃって、今度は後ろのソファに倒れこんで」

毛布をかけてくれている。

百瀬はアパート暮らしの頃から、学業や仕事に夢中になるあまり、飲み食いを忘れ、睡眠を怠り、突然バタッと寝てしまうことがあった。ひとり暮らしなので、目が覚めると「ああ寝ていたのか」と思うだけであった。人のうちでいきなり爆睡だなんて！　そういえば一日何も食べていない。

「あ！」

百瀬は青ざめた。時計を見ると十二時。外は暗い。小太郎は事務所にあずけたままだ。

「すみません、一件電話を」

「事務所にはわたしから電話をしておきました」と澄世は言った。

「仁科七重さんが、たぶん過労です。寝かせておいてくださいと。お子さんは七重さんが百瀬先生の家に連れて帰るとおっしゃっていました」

百瀬はふうっとため息をついた。

「ありがとうございます」

「先生、お子さんがいらっしゃるんですね」

「わたしの子どもではないのですが、あずかっているんです」

澄世は「え」と目を見開き、「先生って」とつぶやき、あとは飲み込んだ。そして何かを決意したように、はっきりとした口調で言った。

「手紙は読みました。わたし、玉野みゆうになって、彼と話そうと思います」

「ありがとうございます！」

「もう一度映画を見て練習します。一晩つきあっていただけますか。声を似せたいので」

「もちろんです。ありがとうございます」

「その前に、少し食べてください。顔色悪すぎます」

「すみません……」

澄世が食事を用意してくれる間、百瀬は亜子に帰れないことを伝えようとスマホを起動した。すると亜子からどっさりとメッセージが届いていた。七重が小太郎を連れてきたこと、母親が迎えに来たこと、七重の判断で小太郎を母親に返したこと、ｅｔｃ。

百瀬は気が遠くなりそうだった。あれだけ言われていたのに、事前に連絡できず、深夜零時になって、「今日は帰れません」とＬＩＮＥを送るなんて。でも送るしかないので送った。ただでは済まない気がして「あとで叱られます」と追加でメッセージを送った。

天川は野口とふたりでリッツの一階フロアに潜入した。

正面玄関の自動ドアはロックされておらず、ふたりで静かにこじ開けた。中に入り、無線の合図を待った。たてこもり事件発生から五日目の早朝である。

各フロアの非常口の外階段踊り場に二人ずつ巡査を配置し、天川と野口が一階から潜入する計画であった。室内階段を上り、犯人を追い詰めて確保の計画だったが、明け方百瀬弁護士から「犯人説得にワンチャンスほしい」との連絡があった。

玉野みゅうに似た声の女性に協力してもらい、犯人を説得し、投降を促すというのだ。警察の突入予定時刻より先に試みれば、逮捕を遅らせることにはならないと百瀬は言う。一般人を巻き込むわけにはいかないとつっぱねたが、百瀬に食い下がられ、心が動いた。

前日、犯人はベンガル猫の不調に気づき、解放した。獣医の柳まことが猫を診断したところ、たてこもり事件で健康を害したのではなく、飼い主との関係性に問題があるようだと言う。「むしろ今回のことで飼育放棄が発覚し、救われるかもしれない」

と言うのだ。飼い主が引き取りをこばんだため、いったん百瀬法律事務所にあずけて、里親を探すことになった。百瀬は猫まで引き受ける弁護士らしい。

部外者の百瀬に仕切られるのは嫌だが、少なくともベンガル猫は犯人により救われた。ほかのペットも危害は加えられていないようだ。犯人に投降の機会を与えるべきではないかと考え、天川は百瀬の案に乗ることにした。

玉野みゅうの身代わりをする女性は男性恐怖症だという。そこで警察の男性陣は後方支援にまわり、女性が彼女の護衛をすることになった。刑事課は女性がおらず、会計課の辻本容子《つじもとようこ》を呼び出し、犯人説得チームの担当になってもらった。

百瀬は電話での説得を考えていたが、身代わりの女性は「犯人の要求通り会うことが大切なのではないか」と主張した。それでも百瀬は女性の身を案じ、電話による説得を第一選択と考え、声を似せる練習をひと晩試みたが、微妙な違いは埋められなかった。会うことにより視覚情報で犯人の意識を逸らし、聴覚情報による判断を緩和させられるかもしれないと、彼女の提案「会う」に方針を切り替えたという。百瀬と辻本が付き添い、犯人と対面することにしたと辻本から報告があった。

天川はこれには納得いかなかった。直接会うのは危険すぎる。男性恐怖症ならばなおのこと無理な話だ。第一、百瀬は男なのになぜ大丈夫なのだろうか。それに、百瀬は華奢《きゃしゃ》で腕っぷしも弱そうだから、何かあった時、役に立たない。辻本は同期だから知っているが、やはり現場で役に立たないタイプだ。座学は秀でているが、術科がさんざんな成績で、だから事務官となり、会計課に回されたのだ。天川は「屈強な男の力が必要だ」と判断し、野口とともに先回りして潜むことにした。

リッツの留守電に百瀬が「玉野みゅうさんがあなたに会うと言ってます。返事はこの電話にください」と吹き込むと、犯人から連絡があり、「三階の非常口を開けておく」と言った。

犯人説得チームは外階段からアプローチする。

天川は野口とともに内階段を這うように進み、三階フロアが見える位置に伏せたままの姿勢で息をひそめた。部屋はガラス張りで中が見える。奥の壁一面がカプセルホテルのように仕切られており、そこがペットの寝室のようだが、すべて開け放たれている。手前にはキャットタワーが複数設置され、猫たちはその上に乗ったり、隅でじっとしていたり、自由にしている。狭いところが好きな猫もいて、寝室で丸くなっている猫もいる。平和そのものだ。

黒いニット帽をかぶり、黒いセーターを着たひょろりとした男がこちらに背を向けて立っている。手にはナイフを握っている。犯人は非常口を注視しているのだ。

「無防備ですね」と野口がささやいた。

立ち方、ナイフの持ち方、たたずまいからわかるのは、扉が開くのを待ち焦がれるあまり背後が隙だらけということだ。

天川は「今だ」と思った。

「行くぞ」とささやき、動こうとするまさにその瞬間、扉が開き、小柄な女性が現れた。

肌が白く透き通るようで、髪は黒く少女のように切り揃えられている。

天川は衝撃を受けた。

千住澄世だ！

千住澄世はフロアへと歩を進めた。ガラス張りのキャットルームが見え、そこにひょろりとした男が立ってこちらを見ている。周囲には複数の猫がいた。

背後で辻本がささやいた。

「ナイフを持っています」

すかさず百瀬が言う。

「まずわたしがドアを開けて彼と話します」

澄世と犯人ふたりだけにするのは危険だと百瀬は考えていた。明け方まで練習したが澄世の声はぎこちなかった。透明感と声質はゆるりに似ているが、滑舌が違うのだ。プロとアマの違いは埋められなかった。

「わたしが犯人と話して、大丈夫と思ったら、千住さんにサインを送ります」

すると澄世はきっぱりと言った。

「いいや、ぼくがいく」

百瀬と辻本はハッとした。

さきほどまで青ざめていた澄世が、今は人が変わったように背筋を伸ばし、堂々と前へ進む。声は透き通り、滑らかで、それはもうまったく「ゆるり」そのものだ。澄世は四本の指でドアノブを握りしめ、ガラス戸を開くと、ひとりキャットルームに入った。

黒ずくめの男は取り憑《つ》かれたような顔をして、立っている。

「玉野みゅう？」と男はつぶやいた。ナイフを持つ手は震えている。

澄世は微笑む。不思議なくらい怖さを感じず、その男を友だと信じた。周囲の猫たちも友だと信じた。そして自分は「ゆるり」なのだと、信じていた。

男は近づいてはこなかった。すがるような目をして「言ってくれないか」とつぶやく。

澄世は彼が求めている言葉を知っていた。夜通し練習したセリフが口からこぼれる。

「ハルト、一生そばにいる。二度とひとりにしないから」

男は「あ……」とうめいてナイフを床に落とし、ひざまずく。男の目から涙がふわりとあふれた。

澄世は駆け寄り、男を抱きしめた。

「ここは笑うところだよ、ハルト」

辻本容子は「建造物侵入および銃刀法違反の罪で現行犯逮捕する」と言って犯人の手首に手錠をはめた。澄世は刺繍が施されたハンカチで手錠を覆った。

野口が寄り添い、辻本は犯人を下へ連れて行った。

百瀬は床に落ちたステンレス製のナイフを見つめた。自ら凶器を手放し、ひざまずいていたので、投降と認められるだろう。

澄世はぽつりと言った。

「こんなもので戦っていたんですね」

もうゆるりではない、声もたたずまいも澄世に戻っている。

「見てください、あそこ」

百瀬は指差した。部屋の隅の作業台の上にリンゴの芯やにんじんの茎が残っている。

「上のフロアにはうさぎやハリネズミがいます。食べやすく切ってあげていたのでしょう」

澄世は涙ぐむ。

百瀬は念のため距離をとったまま、澄世を気遣う。

「今日は本当にありがとうございました。大丈夫ですか？」

「はい、わたし、治っちゃったのかしら。犯人は男性だったのに呼吸できました。ゴッホと暮らして完治したのかしら」

「ご自宅までお送りします。ハイヤーを呼びますね」

「警察車両で送ります！」と野太い声が響いた。

天川悠之介だ。ぬりかべのような巨体がどすどすと迫ってくる。

百瀬は澄世の前に立ちはだかった。

「天川さん、ストップ！　千住さんと距離をとってください」

百瀬は天川の巨体を両手で押しとどめようとしたが、手首をつかまれ、あっという間に体が宙を反転、仰向けに伸びていた。柔道技をかけられた。見事だ。

天川は澄世の前に立った。

「千住、ぼくだ。天川だ」

澄世は天川を見上げた。白い頬が青ざめてゆく。

「天川悠之介だ、覚えてる？」

澄世はふっと気を失い、天川が抱きとめた。

第五章　手紙

新宿警察署の朝。署長に呼び出された天川悠之介は懇々と説教されている。

新宿は暴力の街である。殺人、強盗、恐喝、誘拐、麻薬取引。犯罪のるつぼの街でたかが建造物侵入くらいで、しかも百均《ひゃつきん》ナイフしか持たぬ若僧を相手に、五日もかかったあげく素人の手を借り、あろうことか一過性意識消失に陥らせた。幸い短時間で意識を取り戻したものの、失神したのは犯人逮捕のあとであり、失神の原因は犯人ではなく天川の言動であったことは紛れもない事実で、重大な過失である。

天川は斜め下を向き、神妙を装って説教台風をやり過ごす。説教が長い時は処罰がくだらず、厳重注意で済むとわかっていた。

「今回は特別に厳重注意に留《とど》めておく」

　ほうら、済んだ。

　世間は言う。警察は身内に甘いと。それは違う。処罰を下さないのは手が足りないからだ。ひとり謹慎させたら数人が超過勤務となる。夜勤のローテーションも狂う。特に新宿警察署の刑事課は激務だ。配属されたら「人生は買い占められたと思え」と言われている。署員をこき使うために「厳重注意」を多発する職場なのだ。

「誠に申しわけございませんでした」

　深々と頭を下げる。眠い。こちらこそ意識消失しそうだ。

「取り調べは順調か？　弁護人は決まった？」

「百瀬太郎が国選弁護人を買って出ました」

「百瀬？　聞いたことあるな」

「会計課の辻本が言うには、新宿に事務所がある弁護士だそうで、変人だとか。前に千両箱を掘り当てたと持って来て、発見者欄にポチと書いたらしく」

「ポチ？」

「はい」

「人権派か？　いや、そっちのリストにはないな。なんだっけな。百瀬、百瀬。ほらあれだ。たしか強制起訴裁判で指定弁護士やっただろ。国際スパイの」

現場がすべての天川にとって、裁判云々《うんぬん》はどうでもよい話だ。

「ただの町弁ですよ」

天川は一礼して出て行こうとしたが、呼び止められた。

「千住さんを表彰したいと思ってね」

あれほどのことをさせたんだ。当然だろうと天川は思った。

「こちらの意向を伝えたが、辞退するとおっしゃる。表彰式などして報道されたら事件が注目されてしまい、犯人が気の毒だというのだ」

彼女らしいと天川は思った。

署長は晴れ晴れとした顔で言う。

「そんなふうに考える人間がまだこの国にいるんだな。気持ちが洗われるようだ」

「はい」

「しかし署としてはぜひとも彼女の勇気を讃《たた》えたい。で、感謝状を贈ることにした。会計課に用意させたんだ。ほら」

感謝状と筒がサイドテーブルに置いてある。

「届けるのは天川、お前がやれ」

「わたしが？」

「ただし郵送でな。お前が近づくと繊細な女性は気を失っちゃうからな」

「はあ」

「一筆添えて送るんだ。不用意に声をかけて失神させたこと、きちんと謝罪しておけ」

「わかりました」

「知り合いなんだって？」

「大昔の話ですよ、子どもの頃にちょっとあって」

「幼馴染か」

「はあ、まあ、そんな感じで」

「じゃあ任せた」

天川は丁寧に感謝状を丸めると、筒にしまい、握りしめて署長室を出た。


百瀬は新宿警察署の接見室にいた。

窓のない部屋だ。アクリル板を挟んで青白い顔の男と向き合っている。

「国選弁護人の百瀬です。本日よりあなたの弁護をします。費用はかかりません」

反応はない。

国選弁護は報酬が低い。私選弁護の十分の一以下だ。だから大手弁護士事務所は手を出さない。

百瀬は大学卒業後、業界最大手のウエルカムオフィスに入所したため、国選弁護には縁がなかった。独立するきっかけとなった世田谷猫屋敷事件は獣医の柳まことが依頼人で（実際は女子中学生がまことにお願いしたものだったが）、まことの実家は全員医者という超エリート一族だったから、そのつてでウエルカムオフィスに依頼がきたのだ。

百瀬がひじょうに（「ひ」を「い」に変えてもいい）丁寧に弁護活動をしたため時間がおそろしくかかり、報酬は日数に見合わないものとなった。ウエルカムオフィスの経理部から「百瀬弁護士の働きは時給に換算すると二円」と苦情がきた。事件は雑誌やテレビで話題になり、動物愛護の意識を高めたし、最終的に「原告も被告もみなハッピー」に落とし込めたものの、「稼げない弁護士」の烙印《らくいん》を押され、事務所から独立を促された。

国選弁護は通常どういう弁護士が引き受けるかと言うと、新米が法廷慣れするためだったり、中堅どころがキャリアアップを狙うためだったり、依頼が少ない事務所が報酬を稼ぐためしかたなく数をこなすケースもある。もちろん、社会正義のために国選弁護を引き受ける弁護士もいる。

百瀬は独立後ペット関連の民事訴訟で手一杯だが、国選弁護にも時間を割いている。野呂には嫌がられる。報酬が少なすぎるのだ。ふつうはそれに見合った動き、つまり省エネ（手抜き）によって数をこなすが、百瀬は力一杯取り組む。

弁護士費用を払えない人間が法のもとに不利益を被ってはならないと、百瀬は思う。財力がないことで、日常に不利益が生じるのはやむをえないが、法はそれを補うためにあるはずだ。

憲法第十三条に「すべて国民は、個人として尊重される。生命、自由及び幸福追求に対する国民の権利については、公共の福祉に反しない限り、立法その他の国政の上で、最大の尊重を必要とする」とある。法のもとにみな等しく尊重されねばならないのだ。

国選弁護人は国費を使うため制約があり、活動が制限されている。逮捕から勾留が決定するまでのあいだは本人に会えないのだ。その期間は最長三日と短いが、取り調べはその間も行われる。逮捕直後は不安感が強いため、刑事から問い詰められて、検察に有利な調書を作られてしまう危険がある。素人がひとりで立ち向かうのは困難で、そのために当番弁護士制度というのがある。各都道府県の弁護士会が独自に運営している。

逮捕直後に警察が「当番弁護士を呼びますか?」と尋ねたら、「お願いします」と言ったほうがいい。初回は無料なので、一回だけでもアドバイスをもらうべきだ。ところが「弁護士なんて雇えない」と思い込み、「いいえ」と言ってしまう人が多い。目の前の男も「要らない」と言ったという。

現行犯逮捕ということもあり、勾留は一日で決まり、百瀬は翌日に会えてほっとした。

男はうつむいたまま、どこかおだやかな顔をしている。何を考えているのか、夢の中にいるようだ。逮捕のショックは感じられず、しずかな満足に浸っているようだ。

「おめでとう」と百瀬は言った。

男はやっと百瀬を見た。今気づいたという感じだ。一重の目、小さな口元、あどけなさが残る顔だ。

「夢が叶いましたね」

男は無言のまま不審そうな顔をしている。

百瀬は白い封筒をアクリル板越しに見せた。鈴木晴人様と書いてある。

男は驚いたような顔で封筒を見つめた。

「あなた宛の手紙です。読みますか」と百瀬は言った。

「幽霊屋敷に行ったの？」

鈴木晴人は窺うような目で百瀬を見た。三十歳になるのに、少年のようなしゃべりかたをする。こちらもフレンドリーに話そうと百瀬は考えた。

「うん、行った」

鈴木はあわてて目を伏せた。人が近づこうとすると、距離を置く。野で生きる猫のようだ。

「新宿区はあの家を取り壊して宅地利用したいと言っている。わたしは幽霊屋敷の所有者から頼まれて代理人として話を進めているんだ」

鈴木は目を伏せたままだ。

「家って、名義人だけのものじゃないと思う。近隣住民にとっては風景だし、荒れていると周囲に迷惑をかけるよね。逆に美しいたたずまいの家があると、通行人も気分がいい。それに、古い家には歴史があって、前に住んでいた人にとっては故郷だ。泊まってみて気づいたんだけど」

鈴木は心底驚いたようで、顔を上げた。

「泊まった？」

「君がリッツにたてこもった晩、わたしは幽霊屋敷に泊まっていた」

しばらくの沈黙の後、鈴木はぽつりと言った。

「あの家、布団あんの？」

「寝袋を持ち込んだんだ。電気もガスもないし、寒かったよ」

「なんで泊まった？」

「君を待っていた」

鈴木は目を見開いた。

「過去になんどか手紙を取りに来てたよね？」

「…………」

「なぜこの手紙は取りに来なかったの？」

鈴木は混乱しているようで、何か言いたそうだが、言葉が出てこない。

「真夜中に幽霊屋敷を訪れる人がいるという目撃情報が複数あったんだ。だから泊まってみた。ひと晩泊まったけど誰も現れなくて、その代わり郵便受けにこの手紙を見つけた。あの日は寒かったよね。君がリッツにたてこもった日はものすごく寒かった」

鈴木は目を伏せた。

「今年一番冷えた。北風が吹いて、郵便受けの蓋がカタカタ鳴って、この手紙があることを教えてくれた。推理してみた。真夜中に訪れる人物は鈴木晴人という名で、自分宛の手紙を取りに来ているんじゃないかと。幽霊屋敷に出入りしていたのではなく、郵便受けに手紙を取りに来ていたんじゃないかと。郵便受けには鈴木と書いてあった。過去に鈴木という住人はいない。君宛の手紙を受け取るために、君が郵便受けに書いたんだよね。郵便配達人は住所に忠実に運ぶ。郵便受けに鈴木と書いてあれば配達する。住民票まで確認しないからね。君は家の中に用があったわけじゃないんだ。室内はとても人が住める状況ではなかったしね。にぎやかだったけど」

「にぎやか？」

「蜘蛛やネズミや蛇がいて、ハクビシンが子猫を育てていたよ」

鈴木は「ハクビシン？」とつぶやく。百瀬はタブレットでハクビシンの画像を見せた。

「こいつが、子猫を？」

「うん。近所の猫が子猫を五匹産んで、四匹は寒さで死んじゃったけど、一匹はハクビシンのおかげで助かった。あたためて、外敵から守っていた」

「外敵？」

「わたしだよ。侵入者だからね。近所の子がこの二匹に名前をつけて、見守っている。ハクビシンはハク。子猫はミケランジェロ。ハクとミケランジェロは種は異なるけど、家族みたいにしているよ」

百瀬は人間もそうであったらいいのにと思ったが、口にはしなかった。

命を守るのに家族だからとか身内だからとか理由がいるだろうか。

百瀬自身も理由を探していた。鈴木晴人の弁護をする理由だ。野呂や七重に説明する言葉を探した。警察にも聞かれて、咄嗟《とっさ》にしゃべった。

「彼宛の手紙を見つけたから」

言いながら「理由になってない」と思った。ただ救いたいと思った。そう言えば良かった。ハクを見習え。命を救うのに理由など要らない。自然と体が動いてしまうものだ。

「この手紙を届けたくて、手がかりが欲しくて、中を読んでしまったよ」

鈴木は目を伏せた。

「書いた人は君のことをよく知っているみたいだ。『猫ノオトシモノ』を観に映画館に三回も通って、お金を使い果たしてしまったって？」

鈴木は無言だ。

「この手紙を書いた人は心から君を応援している。深く理解して君の人生に寄り添っている。また会いたいと書いてある。こんなに君を思ってくれる人がいる」

鈴木は顔を上げ、皮肉な笑みを浮かべた。

「自分で書いた」

百瀬は目を逸らさず鈴木の視線を受け止めた。

「笑えよ。これ自分で書いたんだ。自分宛の手紙が欲しくて、自分で書いた。内容は読まなくても知ってるよ。自分で書いたんだから」

百瀬は「うん、わかってる」と言った。

「この手紙を読めばわかるよ。自分に宛てた手紙だって」

鈴木の青白い頬がみるみる赤くなる。

「ひとりで生きてきた人間にはわかる」百瀬は嚙みしめるように言った。

「……………」

「鈴木晴人は自分を大切に思っている。けして見捨てたりしない」

鈴木はとまどっているようで、無言だ。

「わたしは思うんだ。どんな人間にもたったひとつ共通した義務があって、それは自分を愛することじゃないかって」

鈴木は納得いかないようだ。

「自分を好きな奴ばかりじゃないか。人を傷つけて、笑ってる」

「それは違うよ。人を傷つける人は、自分を愛せないんだ。愛せないから寒いんだ。寒いから服を着るんだ。服をいっぱい着ていないと辛いんだよ。攻撃は弱い人間の自己防衛なんだ。恐れることはない」

鈴木はうつむき、拳を握りしめた。

「わたしもひとりだったんだ。子どもの時にふいに家族が消えてしまった」

百瀬の言葉に、鈴木はハッとして顔を上げた。

「いつ？」

「七歳の時」

「七歳で、ひとりに？」

「うん」

「泣いた？」

「涙は出なかった。無重力空間に放り出されたみたいな感じがして、途方に暮れた。ひとりって怖いよね。せめて自分に愛される人間になりたかった。そう思うことでやっと立っていられた。自分を愛する難しさは、わかるつもりだ。だから自分を愛する努力をやめない君を信じている」

「ぼくを信じる？」

百瀬はうなずく。

「自分に手紙を書くのは思いつかなかった。いい方法だと思う。思いついていたら、わたしもやっていた」

鈴木は当惑しているようで、まばたきを繰り返す。

「いつから自分宛の手紙を書くようになったの？」

「十五の時に……」

「どんな手紙？」

「年賀状」

「どうだった？」

「時間が経って届くでしょ。ほんとに誰かから届いたような気がして」

「うれしかった？」

「当たった」

「お年玉付き年賀はがき？」

「うん、切手シート。自分はいつもハズレを引くと思っていたから、驚いた。これでまた手紙が出せると思った」

「どんどん書いた？」

「何年も書かなかった」

「書かなくても立っていられた？」

「…………」

「書く元気もない時もあるよね」

「住所を失《な》くした」

「どういうこと？」

「ネットカフェで寝起きするようになって」

「それで幽霊屋敷の住所を？」

「まだ話題になる前、ネットで見つけた。霊が出そうな家特集に画像が載っていて、妙に気になって見に行ったら、なんだろ、懐かしい気がして……」

「うん」

「気味が悪くて入れなかったけど」

「うん」

「あとで夢を見た。ぼくがあそこの庭で蝉を取ろうとしてたら、おかあさんが呼ぶんだ。スイカを切ったって」

「うん」

「目が覚めたとき、あの家はぼくんちだと決めた」

「うん」

「ぼくんちだと決めて、手紙を出した」

「何通出した？」

「五通」

「最後の一通がこれだね」

「いけない？　あそこはぼくんちだと思っちゃいけない？　見捨てられた家じゃないか。バケモノ屋敷なんでしょ」

「君のうちだよ」

鈴木はびくっとした。

「あそこは君のうちだよ。だって郵便受けに書いてある。鈴木って」

鈴木の目からふいに涙があふれた。あわてて手の甲でぬぐい、嗚咽を押し殺し、肩を震わせた。百瀬は彼が落ち着くのを待った。

「なぜ、リッツに行ったの？」

「寒かったんだ。ひどく寒くて、外にいられなかった。もうネットカフェに泊まる金もなかった。あそこのロビーで暖をとっていたんだ。何人もの人が大切そうにペットを抱えてあずけていったよ」

「それを見てどう思った？」

「うらやましかった」

「ペットを飼ってみたい？」

「ペットになりたかった。誰かに抱きかかえられて、あのホテルに泊まりたかった」

そうか。鈴木晴人はリッツに泊まりたかったんだ。愛されるペットのように。

しずかな時間が流れた。

涙で目を腫らした鈴木は、しぼりだすように言う。

「あの晩、リッツに行かずに手紙を取りに行けば良かった。そしたらあんたに会えた。ああ、嫌だ。自分が嫌だ。いつも選択を間違う。バカなんだ、だめなんだよ、何をやっても」

百瀬は「手紙がもうひとつあるんだ」と言って、今度は薄桃色の封筒を見せた。やはり鈴木晴人様と書いてある。

鈴木は腫れぼったい目でアクリル板越しに封筒を見つめる。百瀬は封筒を裏返して見せた。差出人の名前と住所が書いてある。

千住澄世。知らない名前に、鈴木はとまどった顔で百瀬を見る。

百瀬は言った。

「これは正真正銘、君宛の手紙だよ。君は正しかったんだ。あの晩、幽霊屋敷に来ずにリッツへ行ったから、この手紙がここにある。君を思って書かれた手紙だ」

「ぼくを？　思って？」

「君の夢は玉野みゅうに会い、あのセリフを言ってもらうことだったかもしれない。でも、その夢よりも、君が手に入れた現実のほうがすばらしいとわたしは思う」

鈴木は開けているのがやっとの腫れた目で食い入るように封筒を見つめ続けた。

接見時間は終了した。

鈴木晴人は留置場の居室で正座をし、畳の上に置かれた一通の手紙を見つめる。接見後に署員から渡された薄桃色の封筒。人の手で書かれた自分の名前。優しくてのびやかな文字だ。美しく整った大人の文字だ。

手紙を手にとって深呼吸をする。


鈴木晴人さま。ごきげんよう。

わたしは千住澄世と申します。幽霊屋敷の持ち主です。あの家を所有していることを知らなかったので、長年放置してしまい、幽霊屋敷にしてしまいました。

新宿区役所から連絡がありました。家をつぶして土地を売ってほしいそうです。

百瀬先生の見立てでは、家はとても立派な造りで、つぶしてしまうのはもったいない。だったらきれいに掃除して、必要なところは修理して、貸し家にしようと決意しました。

百瀬先生がおっしゃるには、あなたの罪は建造物侵入罪と銃刀法違反で、六ヵ月程度の懲役になりそうです。銃刀法違反についてはナイフが小さいこと、りんごを剝いた形跡が残っていたので、弁明の余地がじゅうぶんにあり、執行猶予をつけられるかもしれないということです。ここは弁護人の腕次第。百瀬先生にがんばってもらいましょう。

幽霊屋敷はしばらくのあいだ百瀬先生が事務所として借りてくれる予定です。

どうでしょう？　鈴木さんも住んでみませんか？　幽霊が出そうで怖いですか？

百瀬先生とスタッフのかたたちがいるから怖くないし、猫がいっぱいいる家です。

あなたが救ったベンガル猫もいます。

お返事をいただく前にひとつあやまらなくてはならないことがあります。

ほんとはこれを先に書かなくてはならないのですけど、怒って読むのをやめてしまうと困るので、家のことを先に書きました。

わたしはあなたに嘘をつきました。そのことをあやまりたくて、この手紙を書いています。

あなたが会った玉野みゅうはわたしです。

そしてわたしは声優の玉野みゅうさんではありません。

玉野みゅうさんのふりをして、あなたに会い、あのセリフを言いました。

わたしを信じてくれたあなたを騙《だま》したままでいるのは心苦しくて、百瀬先生にお願いして、手紙を渡してもらうことにしました。百瀬先生はわたしに嘘をつき通してほしいと言いました。百瀬先生はあなたの夢を叶えたかったのです。でもわたしはあなたに本当のことを伝えたかった。なりすましてごめんなさい。でも信じてください。あのセリフは嘘ではありません。わたしの本当の気持ちです。一生お友だちでいます。あなたをひとりにしません。

わたしはひきこもりです。少しずつ外へ出る試みをしていますが、なかなかです。あの日はわれながらがんばりました。あなたのがんばりに負けないように。もしあなたが幽霊屋敷に住んでくれたら、わたしは遊びに行くつもりです。それができるようになっていたい。がんばります。だから、あなたもがんばってください。

裁判は時間がかかりそうです。

あなたに手紙を書き続けます。よかったら、返事をください。そして出られる日が決まったら教えてください。あの家があなたを待っています。

あなたの友　千住澄世

鈴木は便箋に顔をうずめた。花の匂いがした。

現在、百瀬法律事務所は密である。

畳まれた段ボール箱が壁やデスクに幾重にも立てかけてあり、組み立てられた箱には猫が出たり入ったり忙しい。にんにゃんお見合いパーティーから戻った猫たちがうろちょろし、久々の故郷で雄たちはスプレー（尿）を撒き、マーキングに余念がなく、七重が雑巾を持って後始末に忙しい。

「まったくひどい話じゃないですか」

七重は腹が立ってならない。

「引越すって？　幽霊屋敷に？　百瀬先生はどうかしていますよ。わたしゃ幽霊じゃありません」

「一時的ですから」と野呂はなだめる。

「このビルは古くて、ほら、天井もヒビが入ってるし、オーナーが大規模修繕を決意したんです。耐震補強工事もやってくれるとは心強い。このままだと震度三でもぺちゃんこだ。嫌でしょう？」

「ぺちゃんこは嫌ですけど、移転も嫌です。わたしはここが好きなんです」

「修繕が終わったら戻れますよ。七重さんが動揺するからって、百瀬先生は移転先が決まるまで自分ひとりの胸に納めてくれてたんですよ。で、うまいこと借家が見つかったというわけです。猫ごと受け入れてくれる借家なんてそうはありません」

野呂は言いながらも手を動かす。ファイル整理に余念がない。確定申告を終え、引越しの準備にかかっている。日常業務をこなしながらの引越しだ。ゆとりを持ち、少しずつ進めるべきだ。形から入る野呂はまずエクセルで引越しスケジュール表を作った。本日は当分使いそうにないファイルを梱包《こんぽう》する日だ。

すっかり猫係に戻ってしまった七重は、箱を組み立てては猫を追い出し、追い出したと思ったら別の猫が入るので、作業を中断し、今は自分のために淹れたココアをちびちび飲んでいる。

七重はココアに強いこだわりがある。市販のココアの粉に粉末のコーヒーミルクを足し、お湯を少しずつ足しては練り、足しては練って、なめらかな口当たりのミルクココアを作るのだ。七重はこれを「ブランドココア」と自負している。森永の純ココアとクリープを合わせるのがポイントだそうだ。あくまでもピュアなココアにクリープを混ぜることが肝心なのだと七重は主張する。

野呂は納得できない。

「ブランドは森永じゃなくちゃいけないんですか？　バンホーテンとか明治とか、いろいろあるじゃないですか」

七重は言い返す。

「チョコレートは明治、ココアはやっぱり森永。この格言を知らないんですか？」

「コマーシャルに洗脳されている」と野呂は呆れたが、口にはしなかった。

たしかに七重の淹れたココアはおいしい。お茶を淹れるのは野呂のほうが上手だが、ココアは七重のほうが上だ。ココアには鎮静作用があるため、七重はおだやかな口調になった。

「猫ってどうして段ボール箱が好きなんでしょうね」

「好きに理由はないのでしょう」

野呂は機嫌がいい。事務所が猫の風景を取り戻したことがうれしい。これぞ猫弁オフィスだ。とはいえ一抹の寂しさはある。にんにゃんお見合いパーティーで二匹の猫が貰われて行った。野呂デスク守衛のボコと、ボコと仲良しのハンニャだ。胸が張り裂けるという表現はいささか大げさだが、皮膚がかぶれたくらいの痛みは感じる。

ただ、里親がとてもやさしい高齢夫婦で、手紙をくれた。譲ってくれてありがとうという感謝の言葉とともに、田舎の美しい風景と、縁側でひなたぼっこするボコとハンニャのとろけそうな寝姿の写真があった。良いカメラで撮ったのだろう、胸がすーっとするような良い写真で、ああ、幸せになったのだと、別れたことでボコたちが幸せになれたのだと、すとんと納得がいった。メールではなく直筆の手紙で、デジタル画像ではなく現像した写真であることも、納得に深みを増した。

さて、マイナス二匹ならば現在十五匹のはずだが、実は二十四匹の猫がいる。

ペットホテルたてこもり事件で飼い主が手放したベンガル猫のクレオパトラ。幽霊屋敷でハクが育てていた子猫ミケランジェロ。そしてにんにゃんお見合いパーティーで里親が決まらなかった純血種の三匹がここにいる。

「結局は増えましたね」と七重は愚痴るが、「ハクビシンが加わらなくてほっとしましたよ」と野呂は言う。

百瀬がハクビシンの処遇をまことに依頼したため、「代わりに猫はいかが?」と交渉上手なまことに言いくるめられ、こういうことになった。

「ハクビシンは結局どうなったんです?」と七重は尋ねた。

「まこと先生を通じて北海道大学の研究室に引き取られることになりました」

「実験動物? 解剖されるとか?」

「いいえ、そこはハクビシンの生態を調査していて、野外に大きな檻《おり》を作り、ほかの小動物と一緒に飼育しているんです。自然に近い状態でね。血液検査、遺伝子検査はするでしょうが、腹を裂かれたりはしません。七重さん、ハクビシンを心配しているんですか？」

七重は事務所最年少のミケランジェロを抱き上げた。

「子猫を育てていたなんて、泣けるじゃないですか。人間は自分の子すら持て余してしまうのに」

事務所はしいんとした。今度は野呂が尋ねた。

「小太郎くんのおかあさんはどんな感じでしたか？」

「うーん」七重はいつになく歯切れが悪い。

百瀬邸に幼い子どもをあずけて消えた母親。

翌日百瀬が背負って出勤し、七重がここで面倒をみたが、百瀬が終業時刻になっても帰らないので、しかたなく百瀬邸に連れて行った。ちょうど亜子が仕事から帰ってきて、ふたりで小太郎に夕食を食べさせようとした時、母親が現れたのだ。

「親が入院したため、あずけるところがなくて、急にすみませんでした」

母親はふかぶかと頭を下げた。

「以前、百瀬先生がおっしゃったんです。誰かにあずけたくなったら、自分を思い出してくださいと。だからとっさに甘えてしまった」と言う。

いかにも知的な話し方とものごしで、理由も筋が通っていたが、七重は釈然としなかった。彼女から一ヵ月前事務所に電話があって、それを受けたのは七重だ。百瀬に結婚祝いを贈りたいと言うから住所を教えてしまった。なのに彼女はお祝いを贈らずに子どもをあずけた。卑怯《ひきょう》だと思う。「いきなり置いていかれた子どもの身にもなれ」と腹が立ったものだから、ひとこと言ってやりたかった。

しかし、どうにかこらえた。小太郎が母親に抱きついたからだ。全身で母を求めていた。七重がホットケーキを焼いてあげた時もこれほど無防備な姿を見せなかった。やはり母親には敵《かな》わない。あれだけ無心でいられるのは、普段いい関係だということだ。

七重が文句を言えずに黙っていると、亜子が言った。

「困ったら、また思い出してくださいね。いつでも待っています」

七重は「亜子が百瀬化してしまった」と歯がゆく感じた。

小太郎が帰ったあと、七重は百瀬邸に残り、亜子と食事をした。亜子は明るくふるまっていたが、百瀬と暮らし始めてすぐくせ毛の男の子が現れたことにショックを受けており、もやもやがあるのは歴然としていた。だからあえて七重は言った。

「小太郎くんは百瀬先生と同じくせ毛ですね」

ずばりと核心を突かれ、亜子は青ざめた。心にひっかかっているものを誤魔化すのはよくないと七重は思った。

「わたしの推測ですけどね。彼女がつき合っていた男、つまり小太郎くんの父親は、おそらくくせ毛です。だから彼女は産後、喫茶店にいた時、衝動的に百瀬先生にあずけたんですよ。元彼に髪が似ていたんです。百瀬先生に元彼を重ね合わせて、赤ちゃんを抱かせたかったんですよ」

亜子は「なるほど。そうかもしれませんね」と言った。

「女のわたしにではなく、百瀬さんに抱かせたから、驚いたんです。お人好《ひとよ》しって見抜けるのかなってその時は思ったけど、そういうことだったのか。納得です」

「見抜ける説もありですけどねえ」

そう言って笑い合った。その日も百瀬は家に帰らなかった。

七重は帰り際に亜子に伝えた。

「しつけははじめが肝心です。夫はちゃんとしつけないといけません。これとこれはやってください。あれとあれはやらないでください。きっちり伝えないと、男のペースに巻き込まれますよ。男のペースはろくなもんじゃありません。戦争をおっぱじめるのは男ですからね。結婚は女のしきりで明暗が分かれます」

亜子は七重の話に聞き入り、「勉強になります」と言った。

七重は野呂にこれらのことを話してきかせた。

「あのふたりに早く子どもができないかなあ」と野呂は言う。

「若い人はなにもかもこれからだから楽しみだなあ。若いと言えば、ペットホテルの受付のバイトの子、ホテルを辞めたみたいですよ。まこと先生に心酔して、まこと動物病院でバイトを始めたそうです」

七重は肩をすくめた。

「事件って、悪いことばかりじゃないですね。この引越しもいいことあるかしらん」

七重はココアを飲み終え、引越し作業を手伝い始めた。

野呂ははりきっている。

「幽霊屋敷はプロの業者が入って掃除が済み、今は雨漏りや腐った床などの張替《はりか》え作業をしています。畳の部屋はひとつ残してあとは杉材のフローリングにします。例の国産杉を使って」

「多摩のもえぎ村産の杉ですね」

「そうです。われわれが移り住んだら、さらに住みやすく手を入れましょう」

「あの子が出てくるのはいつになりますか？」

「鈴木晴人くんの裁判はもう少しかかりそうですけど、おそらく執行猶予がつきますよ。百瀬先生の弁護は最強ですから」

「わたしは鈴木くんにブランドココアを淹れてあげますよ」

「それはいい。わたしは紙飛行機を教えてあげます」

「あ、その前にドアを黄色に塗らなくちゃ」

「え？　幽霊屋敷の玄関は格子戸ですよ？　格子戸を黄色に塗るんですか？」

「当然です。うちの事務所の扉は黄色じゃなくちゃいけません。たった三ヵ月でも黄色でなくちゃ。太陽に向かっている、正義と自由の色ですから」

「そいつはどうかなあ。応相談ですなあ」

七重は決意に満ちた顔で言った。

「幸せの扉は黄色と決まっています」

第六章　幸せの扉

百瀬は足早に歩いていた。

夜の新宿はマスクをしている人が目につく。花粉の季節だ。百瀬は花粉症ではないのでマスクは不要だが、いつかみながマスクをせずに春を迎えられるようになることを切に願う。

花粉症被害撲滅を訴えた政治家がいた。不器用ながらに正義を貫く姿勢が印象的だった。彼女は選挙に負けたが、もし再選されていたら、この春のマスク率は少し下がったかもしれない。来年のマスク率はさらに減ったかもしれない。それもこれも選んだのは民意だ。

彼女は今は一市民として、花粉を減らす活動を続けている。多摩のもえぎ村を拠点に、育ち過ぎた杉を伐採して国産木材として活用、跡地に広葉樹を植える活動をしている。賛同者が少しずつ増えている。やがて全国を動かす力になるかもしれない。彼女が生きているうちに実現できるかどうかわからない。それでも彼女はやると言っている。子どものいない彼女が次世代を思って、未来をよりよくしようと人生を投じている。正義だ。

百瀬も正義を貫きたい。法律家として、いや、人として、できることをしていきたい。

これから会う相手は手強《てごわ》い。会うことを承諾してもらうのに日数を要したし、場所を指定してきた。帝王ホテルのスイートルーム。ホテル代はむろんこちら持ち。弱小事務所と知っての嫌がらせだが、しかたない。野呂に請求書を見せるのが怖い。絶望的な顔が目に浮かぶ。でもやらねばならない。正義のためだ。

鈴木晴人の裁判は目処《めど》が立った。間違いなく執行猶予がつくだろう。それよりも釈放されたあとが肝心だ。彼には家族がいないため、保護観察付きの執行猶予となるが、保護観察官は複数の対象者を抱えているし、相性もある。そもそも釈放されてからでは遅いのだ。裁判や取り調べで疲弊しきった彼にほっとできる環境を整えておきたい。

鈴木晴人の半生は散々だった。本人は多くを語らないし、幼い頃の記憶はまだらだ。親族や知人に聞き取りを重ねたところ、彼はついてなかった。よくぞここまで自分を励まして生をつなげてきたと思う。百瀬は接見するたびに「生きていてくれてありがとう」と言いたくなるが、口にはしない。本人が知らないこともあるからだ。

晴人は五歳で両親を失った。このことを本人は知らない。親族会議の末、晴人は母の姉の養子となり、鈴木という姓になった。苗字を変えることが五歳の子のためになると親族は考えたのだ。

養母は母よりかなり年上で、独身だった。都営住宅に住んでおり、早朝から夕方まで近所のクリーニング工場で働いていた。いきなり親となり、ママ友もおらず、育児情報に疎かったらしく、晴人を保育園には入れなかった。日中家でひとりで過ごさせたようだ。昼休みに家に戻り、食パンなどを与えていたらしい。

晴人の記憶では、寝る時に子守り歌を歌ってくれたという。「いつも洗剤の香りがしていた」ということだ。働きづめだったが心根の優しい女性だったようだ。晴人は両親の記憶を失くしており、養母を実の母と思って育った。晴人が小学校に上がる頃に彼女は病にかかり、仕事を失う。一日中臥《ふ》せるようになり、晴人は学校から帰ると買い物や洗濯をして養母を支えた。

晴人が中学に入る頃、養母は格安のアパートに引越すことにした。そこはいわゆる事故物件で、殺人事件があった部屋だ。だから家賃が破格に安い。晴人は同級生に「ジコブッケン」とあだ名を付けられ、そのことを知った。「近づくと呪われる」と机を廊下に出された。教科書やノートに「ジコブッケン」とか「呪い」と落書きされた。

晴人は学校へ行くのをやめ、養母の世話をしながら新聞配達をして家計を助けた。中学は通わないまま卒業、養母が前に勤めていたクリーニング店で雇ってもらえることになった。ダブルワークと介護の日々が続いた。いつもは辛そうな養母が、体が起こせる日があって、晴人が仕事帰りに買ってきたアイスクリームをおいしそうに食べ、「ありがとう、すまないね」と言ってくれる。そんなひとときを幸せと感じた。病身の養母との暮らしは経済的にキツく、通院日はつきそいのため仕事を休まねばならず、割りの良い仕事を見つけることができず、事故物件に住み続けた。いったいどんな殺人事件だったのか、あれこれ想像した。幽霊がいるなら会ってみたいと思った。それほど孤独だったのだ。海の底にいるような孤独を感じると、自分に手紙を書いた。

二十歳になる少し前、初めて他人が書いた自分宛のハガキが届く。成人式の招待状だ。小躍りするほどうれしかったが、式にはいかなかった。同級生に会うのが嫌だったし、着ていく服もなかった。

やがて養母が亡くなり、本当にひとりぼっちになった。晴人は二十五歳になっていた。世の中はデジタル化が進み、新聞配達の仕事が減り、「若いからいくらでもほかに仕事があるだろう」とリストラされた。同時期にクリーニング店は大手チェーンの台頭でつぶれた。

いじめの経験から人に近づくのが怖かったので接客業には就けず、日雇いの工事現場では力不足でクビになった。スポーツをやったことがなく、ジムで鍛えたこともなかった。誰にも相談できないまま、やがてアパートは老朽化で建て替えることとなり、出ていくことになった。無職だと部屋を貸してもらえず、住所がないとますます職に就けず、リュックに着替えを詰めて彷徨った。少ない貯金を取り崩してネットカフェに泊まったり、外で寝る日もあった。週に一度は銭湯に行き、服を着替えた。コインランドリーにも通い、清潔を保った。

ある晩、寒さに耐えられずオールナイトの映画館に入った。生まれて初めて映画館で映画を見た。そこで『猫ノオトシモノ』と出会った。ハルトと呼びかけられるたびに感激し、連日通ってしまい、金が尽きた。それからは外で寝起きする日が続き、飢えと寒さに耐えかねてペットホテルのロビーで暖を取っていたら、にんにゃんお見合いパーティーのポスターを見つけて、隣のホテルに玉野みゅうがいると思い込み……となったのだ。

鈴木晴人は長年の介護経験があったため、ホテルのペットたちに水や餌を与えることが苦ではなかった。スプーンですくってあげなくてもいいから楽だったと語った。お気に入りの猫を連れてＶＩＰルームを覗いてみたとも言った。遊園地ってこういう感じなのかと想像したと言う。

晴人は鈴木になる前の自分を知らなかった。百瀬は親族から真相を聞き、運命の糸に身震いした。

幽霊屋敷で三十年前に行われたお食い初めの儀式。あの時祝ってもらった赤ちゃんは晴人だったのだ。篠乃木家の長男篠乃木晴人。それが出生時の彼の名前だ。

やがて両親は亡くなった。警察に残された調書では七輪による一酸化炭素中毒。部屋の状況から自殺と断定。合意の心中か無理心中かは不明だが、ふたりとも亡くなっているため、事件性を認めず、自殺として処理されたという。無理心中だったとしても被疑者死亡で不起訴となるため、手続きを簡素化したのだ。

ひとり生き残ったのが晴人だ。別の部屋で寝かされていたため、助かった。当時親族会議に出た人々は現在は高齢になっており、記憶があいまいだったが、亡くなった夫婦は子煩悩で、夫婦仲も良かったし、なぜ心中したのかわからないという。経済的な不安、あるいは健康面での不安があったかもしれないが、死んでしまっては相談にも乗れない。子どもを愛していたゆえに、道連れにはしなかったのだと納得するしかなかったという。

晴人は五歳まであの屋敷で両親と暮らしていた。おそらくかわいがられていた。

彼があの家に感じた懐かしさはほんものだったのだ。ネットカフェで幽霊屋敷の存在を知り、見に行ったのも、屋敷の画像が記憶の底にある原風景に呼応して吸い寄せられたのだろう。蝉を取る夢は本当にあったことかもしれない。五歳までの彼のおだやかな日常。本人には記憶がない。あの屋敷だけがそれを知っている。

鈴木晴人はあの家で育ち直したらいい。そう百瀬は思った。

小学生時代から養母の介護をし、中学にもまともに通えず働き続けてきた鈴木晴人。三十歳だが、今すぐ働かなくてもいい。学んだり遊んだりする子ども時代をやり直すところから始めたらいい。子ども時代があって初めて、人はおとなになれるのだから。

窓から東京の夜景が見渡せる。

帝王ホテルのスイートルームの広い窓ガラスは一点の曇りもなく美しい景色を提供してくれる。でっぷりと太った色の白い男がバスローブを身にまといシャンペンを飲んでいる。こともあろうにシャンペン。百瀬の脳内で請求書の金額が跳ね上がる。

「黒水《くろみず》さんですね。百瀬と申します」

「先生もいかがですか」

百瀬は断らずに飲むことにした。黒水はすでに赤い顔をしている。高いシャンペンでこちらに負担をかける魂胆だ。アルコールが回るとまともに話ができなくなる。百瀬が先に飲んでしまい、黒水が酔えないようにしようと考えた。

百瀬はアルコールに強い。いくら飲んでも酔わないし、愉快になるわけでもないから、水と変わらない。

黒水は百瀬にシャンペングラスを渡すと、嫌味を言った。

「ブラックハウスの修正依頼ならメールでできる。あれほど言ったのにしつこい人だ」

黒水は太った体をソファにあずけて、スマホを見ながらグラスを傾けている。常にスマホを見ていないと気が済まないタイプのようだ。事故物件の情報提供者とやりとりしているのかもしれない。

「修正依頼ではなく、閉鎖要求です」と百瀬は言った。

黒水は百瀬を見た。ぎょろりと大きな目玉が動く音がするようで、百瀬は相手の動揺を感じた。

「国土交通省がガイドラインを作りました。『宅地建物取引業者による人の死の告知に関するガイドライン』です。ご存知ですよね。自然死や不慮の事故死は告知義務はないし、それ以外の死についても、三年をもって告知義務はなしと、基準が明文化されました」

黒水は不敵な笑みを浮かべた。

「あんた法律屋でしょ。ガイドラインってのは法的効力がない。そもそものガイドラインは宅地建物取引業者が対象だ。ボクは該当しない。情報サイトの運営者だから」

「しかしガイドラインによる影響は免れません。全国のマンション所有者やビル管理会社があなたを威力業務妨害あるいは偽計業務妨害で告訴する準備を進めています」

「裁判では負けないよ」と黒水は余裕の構えだ。

「裁判は判例主義だ。三年前、ブラックハウスのせいで物件が売れなかったと、名誉毀損罪でボクを訴えたビルのオーナーがいたが、弁護士など雇うことなく裁判で勝ったよ。こっちは大学で法律を学んだのでね」

「その裁判は存じています」

「知ってるなら話が早い。ブラックハウスに載せている情報は事実だ。事実を載せている限り裁判には負けない」

「しかしその裁判はガイドラインができる前です。しかも罪状が名誉毀損では曖昧すぎる。威力業務妨害だと戦い方は変わります。実際の損益を数値化して提示すれば」

「君のことは調べた」と黒水は遮った。

「こっちはそういうの得意なんでね。調査が命のブラックハウスだ。君はボクと同じ大学の法学部にいたらしい。ボクより五歳コドモだ。しかし君のほうが頭は良い。首席で卒業したそうじゃないか。そしてウエルカムオフィス入所。ゴールデンコースなのに、君はそこでどえらい失敗をやらかした」

「失敗はしていません」

「資本主義社会で儲《もう》けを出さなかったらそれを失敗という。死にかけのバーサンと野良猫を救うのに何年かかった？　きれいに首を切られておめでとう。なぜいまだにちよこまか町弁なんかやってるの？　せっかく法律を勉強したのに金に換えないのか？　どうかしている」

「せっかく法律を学んだのに自己弁護にしか使わないほうがもったいないです」

「言うね」と黒水は皮肉な笑みを浮かべた。

「いいか？　ブラックハウスは正義の味方だ」

「正義の味方？」

「消費者サービスだよ。過去を隠して貸したり売ったりする悪徳業者に騙されて泣きを見ないよう、親切に情報を提供しているんだ」

「雨漏りもせず耐震にも問題ない優良物件に事故のレッテルを貼り続けるのが正義ですか？」

「いいか？　ブラックハウスが定義する事故物件は、殺人、自殺、死者の出た火災、あと、孤独死など特殊清掃が必要な場合は自然死でも掲載する。考えてもみろ。これらの過去を知って住みたいか？　気味悪いだろう？　いたいけな消費者の知る権利を守っているんだよ」

「わたしは気味が悪くありません。しかしそう思う人もいるのは事実で、それは認めます。そのためにガイドラインがあり、三年以内のものは告知することになっています。三年を超えた過去まで晒《さら》す必要はないという、良識ある判断です。綺麗にリフォームされて住みやすくなった物件に、いつまでも事故物件のレッテルを貼り続けるのは、偏見による差別ではありませんか？」

「差別とはね。それこそ名誉毀損だ。事実は事実。掲載することに理由が必要か？」

「事実でしょうか？　あなたのサイトは正確ではない」

「そりゃあ間違いはあるさ。みんなの正義により情報は寄せられ、迅速に公開することを優先しているから。消費者サービスを進化させるためにある程度のひずみはしかたない。削除依頼はしょっちゅうだ。間違っているとわかれば削除に応じる。こっちはフェアにやっている」

「あなたの定義する事故物件に相当するものが、掲載されていません。わたしが気づいただけでも三十二件あります」

「それは朗報だ。情報提供してくれたら謝礼を払うよ」

「わたしは公開すべきではないという考えなので、情報は提供しません」

「それこそ隠蔽じゃないか。情報をつかんで載せる。間違いとわかったら削除。手作業だがこっちはフェアにやっている」

「嘘です。あなたは情報を選んでいます」

百瀬はひとつの住所を諳《そら》んじた。

黒水はぎょっとした顔をして、グラスをサイドテーブルに置こうとして床に落とした。少量のシャンペンが絨毯《じゆうたん》に染みてゆく。

「わたしも職業柄調べるのは得意なんです。あなたの定義によれば事故物件ですよね。しかもあなたはその情報をよくご存知だ。なぜ載せないのですか?」

黒水は無言だ。

「物件の価値が下がることを恐れて載せないのですか? あなたのおかあさん名義だからですか? おかあさんのプライバシーを守るため? おとうさんの? それとも、悲しいからですか?」

黒水は唇を噛み締めた。

「あなたのサイトはフェアじゃない」と百瀬は言った。

黒水は目をぎょろりとさせ、凄《すご》んだ。

「恐喝か。これをエサにサイトを閉じろと?」

「安心してください。たとえサイトを閉じてもらえなくても、わたしは口外しません。過去の死にまつわる情報は、興味本位で知る権利などないとわたしは思っています。自分の考えに反することはしません。そもそもわたしはあなたの実家を事故物件とは思いません」

「どういうことだ」

「おとうさんの自殺はご家族にとってショックなことだったと推察します。けれど、あの家であったことは悲しいことだけですか？　あたたかい思い出はありませんか？　あなたは小学生の時に犬を飼っていましたね。雑種のルルです。ルルが死んだ時、大泣きしたそうですね。今は柿の木の下に眠っていますよね。思い出がいっぱいある家ではないですか？」

「…………」

「わたしがあなたに言いたいのは、あなたの実家は事故物件ではない、ということです。おかあさんは今、庭に迷い込んだ猫に亡くなったご主人の名前をつけて、にこにこ暮らしています。近所の人を呼んでお茶をして、俳句の会を開いています。ひだまりのような家です。気味が悪い家でも、幽霊が出る家でもありません。そういう家に事故物件とレッテルを貼っているのはあなたです」

「…………」

「ブラックハウスに掲載されている家たちにも、人々の思い出があります。たった一度の悲劇だけでその家の価値が全否定されるのは理不尽です」

「…………」

「サイトは人気のようですね。その陰で傷ついている人がいます。中には人生が変わるほどの打撃を受ける人もいると、ご承知おきください」

黒水はしばらく無言でいたが、ぽつりとつぶやいた。

「ボクは……やめない」

百瀬は「わかりました」と言った。名刺をテーブルに置き、「請求書をこちらへ送ってください」と言って部屋を出た。

間違っていたと、百瀬は気付いた。サイトを閉じろと黒水に頼んだのは間違っていた。

ブラックハウスは黒水が作ったのではない。民意が作ったのだ。人の不幸を覗きたい気持ちがサイトを生み、ここまで大きく育てたのだ。似たようなサイトはほかにもある。ひとつ潰れてもまた生まれる。黒水はスタンダードな民意なのだ。

誰もが死ぬ。死は忌み嫌うものではないとみなが気づく日が来たら、サイトは存在価値を失い、古びて消える。そう、古びて消えるのだ。

百瀬は夜の風に吹かれて帰途についた。

錆《さ》びた階段を上がり、カンカンカンという金属音に懐かしさを覚える。倒れてしまいそうな疲労を感じつつも「もうすぐ家だ」と安堵する。

ドアの前で鍵を挿そうとしたが、挿さらない。ノブを回したが開かない。がちゃがちゃとやっていると、「百瀬先生」と声をかけられた。

見ると、正水直がパジャマの上にコートを羽織ってこちらを見ている。

「正水さん、そんな格好でどうしたの？」

「先生こそ、家に帰らないんですか？」

「あっ！」

百瀬は青ざめた。そうだ。百瀬の家は亜子との新居だ。モスピンクの煙突、くすんだ赤い屋根瓦の家だ。どうしたことだろう、うっかりもといたアパートに来てしまった。

帝王ホテルを出て、横断歩道を渡って、どのあたりから昔の習慣に乗っかってしまったのだろう?

「間違えちゃったんですね」と直は言った。

「だめだなあ」百瀬は頭を掻く。

直は微笑んだ。

「二〇一号室の人から電話があって、夜中にドアをガチャガチャやられて、めっちゃ怖いというので、来てみたんです。管理人ですからね」

直はスマホでちゃちゃちゃっとメールを打った。「前の住人がうっかり間違えただけ、安心してお休みください」と。

百瀬は直の見事な指さばきを見て、言った。

「ごめんね。ありがとう。風邪をひくから部屋へ戻ってください。おやすみなさい」

百瀬は立っているのも辛くて階段に座り込んだ。

遅くなる日は連絡するという亜子との約束をすっかり忘れていた。スマホを出す気力も失《う》せた。直のようにちゃちゃちゃっと打てる世代ではない。特に亜子に対しては言葉を選んで慎重になるため、「あとで落ち着いてから打とう」と思っているうちに連絡し損なってしまうのだ。

背後から声をかけられた。

「先生、ご相談があるので、うちに来てもらえませんか」

「相談？」

「進路のことで」

「ああ」

受験に失敗したようだと、七重たちが話していたのを思い出す。

「相談には乗るよ。けど、部屋には入れないかもしれない」

百瀬は鞄から真っ赤な手帳を出して、パラパラと目を通す。街灯は暗いので、細かい字が読みにくく、めがねをはずして顔を近づける。極度の近視なので、くっつけるようにすると、読めるのだ。

「先生、何を見ているんですか？」

「ああ、これ？　大福さんから持たされたんだ。夫婦手帳」

「夫婦手帳？」

「学生手帳には校則が載っているでしょう？　夫婦手帳には一緒に暮らすためのルールが書いてあるんだ。大福さんは結婚のプロだから頭に入っているんだって。わたしはアマチュアだからと、こうして手帳を作ってくれたんだ。たしか女性の家にひとりで上がりこんではいけないって書いてあったと思う」

「え？」

「ほらここだ。禁忌事項第十七条に書いてあるでしょ」

直はびっくりして手帳を取り上げ、ぱらぱらと眺めてみる。

やるべきことと、禁忌事項のページがあり、禁忌事項を破ったときは罰金を払うことになっている。罰金は二千円から一万円まで。亜子らしい几帳面《きちようめん》な文字が並んでいる。たしかに女性の家にひとりで上がりこんではいけないと書いてある。筆圧の強さに「なにがなんでも守らせる」という決意が見て取れる。これは一般的な夫婦のルールではない。百瀬を御するための手帳だ。直は、亜子の心を守るための手帳なのかもしれないと感じた。

「たいへんだったんだ……」と直はつぶやく。

「全然たいへんではありませんよ」と百瀬は言った。

直は呆れた。たいへんだったのは亜子のほうだと言いたい。

「ちなみに、先生、女性の家に上がったことがあるんですか？」

「うん、そこでうっかり寝ちゃったんだ。その日は帰れなくて」

「女性のうちで寝ちゃったんですか？」

「うん」

「女性って？」

「依頼人だよ」

「先生、ここよく読んでください。ただし依頼人は除くと注釈があります。わたしも依頼人ってことで、上がってください。先生、疲れていますよね。七重さんに教わったブランドココアを作ります。亜子さんにはわたしから連絡します。間違ってこっちへ来ちゃったなんて正直に言うと、亜子さん傷つくと思います。相談事があってわたしが百瀬先生を呼んだってことで、いいですね？」

百瀬はきょとんとしている。

「間違ってこっちへくると、大福さんが傷つくの？」

直は百瀬の女性音痴に呆れた。新婚同様なのに一緒に暮らしていることを失念するなんて、嫌に決まっているではないか。侮辱と言ってもいい。

直は百瀬を無視してちゃちゃっと亜子に連絡し、「了解もらいました」と言った。

直は百瀬を部屋に上げて丁寧にココアを作り、疲労困憊《ひろうこんぱい》の百瀬に飲ませた。

百瀬の顔色が良くなったので、さっそく話した。

第一志望の大学の受験日にカメラ泥棒を追いかけて捻挫し、試験を受けられなかったこと。記念受験した早稲田の法学部は全力を出せたが予定通り落ちたこと。一年浪人してがんばったのに、ふたつとも落ちてしまい、行くところがない。

直はお先真っ暗だと思い、何日も部屋を出られず、誰にも会わなかった。お世話になったのに結果を出せなかったことが情けなくて、七重や野呂にも打ち明けられず、故郷の母にも言えず、ひとり悶々《もんもん》としていた。一番相談しやすいのは百瀬だが、忙しそうだし、もし会えても、どう伝えたらいいかと悩んでいた。

ところが百瀬は自分からやってきた。帰る家を間違えた姿や、夫婦手帳があまりにも衝撃的で、直は悩んでいるのが馬鹿馬鹿しく思え、つい吹き出しそうになるのをこらえながら話した。

「足はどう？」

「だいぶよくなりました」

「捻挫した時、どうやって帰ってこれたの」

「粗大ゴミ置き場の椅子に座って動けないでいたら、ゴミ回収のトラックがやって来て、近くに接骨院があると、乗せて行ってくれたんです」

百瀬はぷっと吹き出した。直も我慢できずに笑った。

「あはははははは」

「きゃははははは」

　ふたりで笑い転げて、お腹が苦しくて、直は涙が出てきた。おかしくても涙が出るんだ、と気づいた。

「面白いなあ。すごいよ、正水さんは。つくづく運がいい」

「は？」

「人を救いたいと思っていても、そんなチャンスは滅多にないよ。受験に行く途中にひょいと人助けができるなんて。持ってるね」

「何を？」

「運をさ」

　直はぽかんとした。

「いいこと、なんですか？」

「だってご夫婦が大切にしていたカメラを守ったんでしょう？　いいことじゃないか」

「それはそうなんですけど……」

　百瀬は真顔になった。

「あらためて聞くけど、なぜ大学受験をしたの？」

「え？　それはだって、弁護士になりたいからです」

「じゃあ正水さんの夢って何？」

「弁護士になることです」

直は少しだけ嘘をついた。「百瀬先生のような弁護士になって、百瀬先生みたいに人を助けたい。できれば百瀬先生と一緒に働きたい」なのだが、本当のことは言えなかった。

百瀬は言った。

「大学って勉強以外にもいろいろなチャンスがあるじゃない。サークル活動とか、友だちを作るとか、恋愛とか、そういう青春みたいなもの」

「興味ないです。大学に入れたとしても、飲み込みが悪いから、勉強とバイトで手一杯で、四年間は終わると思います」

直は遊びたいとは思わない。青春など興味ないのだ。母親は安定した生活を手に入れたいというささやかな夢を見て結婚し、破れた。直はだから自立して生きていきたいと思っている。まず、人生を前へ進めるレールを自分でこしらえたい。遊ぶなら、そのあとだ。

百瀬は言う。

「弁護士になるためだったら、大学に行く必要はないよ」

「え？」

「私立大学は入学金も授業料も高いしね」

「だって、司法試験を受けるには法学部を出ないと」

「予備試験制度があるんだ。高校や大学に行かなくても、予備試験に受かれば司法試験の受験資格がもらえる。実際に知り合いにいるよ。不登校で中学もろくに行かなかったけど、予備試験を通って司法試験を受けて、今は立派に弁護士になってる。新橋の弁護士事務所に勤めているよ」

「予備試験……知らなかった。それって難しいんですか？　そのひと、頭いいのかな」

「試験は確かに難しい。沢村透明氏は頭脳明晰《めいせき》だ。試験に強い。でも、コミュニケーション能力に難があって、今も苦労していると言ってたよ。弁護士の素質は正水さんのほうが上だと思う。なにせ彼が初めて人を助けたのが三十歳。正水さんは十八の時におばあさんを背負って横断歩道を渡ったでしょう」

「おじいさんです」

「そして十九歳でカメラを守った。ひと組のご夫婦の大切な思い出を守ったんだ。立派じゃないか。あ、沢村先生は二十九で杉山を助けたっけ」

「杉山？」

「彼の頭の良さは弁護活動に有効だけど、ここぞという時パワーになるのは、救いたいという信念。今度沢村先生を紹介するから、予備試験について教えてもらうといい。しゃべるのが苦手な人だけど、心はホットだから。ヘビースモーカーだから、マスクをして会うといいよ。防塵《ぼうじん》マスク。事務所に災害用のがあったはず。それをするといい」

「しゃべるのが苦手な弁護士さんもいるんですね」

「いろんな人がいるよ」

「わたし……」直は正座をしてかしこまった。

「まだここにいてもいいですか？」

「当たり前じゃない。こちらは大歓迎。アパートの管理をしてくれて助かっているし、事務所のバイトも続けてくれたらうれしい。本気で弁護士を目指すなら、今度外回りも一緒に行ってみようか」

「ホント？」

「でもその前に、甲府のおかあさんに落ちたことを伝えて、今後のことを相談したほうがいい。人助けの才能を活かせるのは弁護士だけじゃないし、まだ若いのだから、あせらずに、いろいろなものを見て夢を形作るといいよ」

直はほっとした。大学を落ちたことよりも、ここを出ていかなければならないこと、百瀬や亜子たちと縁が切れるのが辛かったのだ。そういう精神だから落ちるのかな、と直は反省した。自業自得。それよりも、仕切り直して未来を考えよう。

運を持っている。百瀬の言葉が胸に響く。自分には何かがあるんだ。それはきっと自分を楽にするものではない。でも、持っているものは大切にしたい。

百瀬は「ごちそうさま」と言って腰を上げた。靴を履く百瀬に直は声をかけた。

「先生、さっきの赤い手帳のことだけど」

「うん」

「先生はひとり暮らしが長かったでしょう？　ルールなんて窮屈じゃないですか？」

百瀬は振り返って微笑んだ。

「すごく助かってるんだ。大福さんが何をうれしく思い、何をしてほしくないか、読めばわかるでしょ。弁護活動は六法全書を基本にする。もちろん、自分なりの解釈で動くけど、迷うと六法に戻る。この赤い手帳もわたしにとっては六法だ。女性とのつきあいに慣れてないわたしのような人間にはありがたいものだよ」

直は遠慮がちに言った。

「でもあの、行間ってありますよね」

「行間？」

「書いてないところに乙女心が潜んでるかもしれないので、気をつけてくださいね」

「どういうこと？」

「たとえば今日はどんな日かご存知ですか？」

「今日？」

百瀬は胸を張った。

「大丈夫。三月十四日は大福さんの誕生日ではありません。夫婦手帳にも特に記載はありません」

「今日はホワイトデーです」

「ん？」

「知らないんですか？　ホワイトデー」

「知らない。有名なの？」

「六法に記載はないけど、一般教養の部類に入ると思います。まさかバレンタインも知らない？」

「それは知っています。大福さんがケーキを焼いてくれました。その日はうっかり帰れなかったのですが、翌日いただきました」

「バレンタインのお返しをする日がホワイトデーです」

「えっ、そうなの？　お返しってどうしたらいいの？」

「そうですね、もう当日だから、そうだな、お菓子を買って帰るとか。とにかく、気に留めているってことが肝心です」

「ありがとう」

百瀬は顔面蒼白《そうはく》となり、玄関を出てあわててドアを閉めようとして再び開けた。

「ほんとうにありがとう！　正水さんは人助けの名人だ！」

ドアを閉め、百瀬は腕時計を見た。十一時。セーフ。

あれ？　閉めたドアの向こうで、「ぎゃはははは」という笑い声が聞こえる。正水さん、なんだか機嫌がいいな。

ホワイトデーは残り一時間。百瀬は階段を駆け下り、走り出す。

近くの商店街のケーキ屋に走ったが、すでにシャッターが降りていた。和菓子屋を覗いてみたが、のれんはしまわれている。しかたなくコンビニに入ったら、ホワイトデーフェアの棚があった。やはり有名な日のようである。しかしすでに品薄で、値引きのシールが貼られている。一番値段が高い商品をひとつ選んでレジへ行った。

「定価で買いたいので値引きのシールをはずしてもらえませんか」

「日本語ヨクワカラナイ」と言われた。英語も通じなくて、ためしにフィリピン語で挨拶をしたら、笑みがこぼれた。アタリだ。

ところが百瀬はフィリピン語だと簡単な言葉しか知らず、「定価で売って欲しい」がうまく言えず、「オシゴトガンバッテ」と言うのが精一杯だった。「アナタモネ！」と言われ、値引きされたホワイトチョコ詰め合わせを購入して店を出た。

百瀬はそれを鞄にしまい、走った。

買ってから値引きシールを剝がすのは「フェアじゃない」と考え、亜子にはこのまま渡そうと考えた。覚えていることが肝心だと正水直が言っていたし。

百瀬は走りに走った。腕時計を見る。あと十五分。がんばれ、自分。

モスピンクの煙突とくすんだ赤い屋根瓦が見えてきた。息を切らして門をくぐると、玄関前に亜子が立っていて、「おかえりなさい」と微笑んだ。

百瀬は泣きそうになった。

子どものころに夢見ていた未来を自分は手に入れたのだ。

今、寂しい思いをしているすべての子ども、いや、おとなも、そして鈴木晴人も、いつかつかむべき日常なのだと、百瀬は思う。

亜子は機嫌が良さそうで、明るい口調で言った。

「直ちゃんがメールをくれたの。先生は家に向かってつんのめるように走ってますって」

ふたりは幸せの扉を開けて家に入った。

百瀬が手を洗っている時もうがいをする間も亜子はそばを離れず、しゃべり続けた。

「聞いてください。わたしね、今日仕事で画期的な出来事があったんです」

百瀬はホワイトデーの値引きチョコを今日中に渡さなければと気が気でなかったが、亜子はもう話したくて話したくて、話すために百瀬を待っていたようで、おしゃべりが止まらない。百瀬はリビングのソファに腰をおろし、向き合ってきちんと話を聞くことにした。

「結婚相談所でのことは守秘義務がありますから、今まであまりお話ししなかったのですが、もう家族ですし、話していいですよね。感動をわかちあいたくて。わたしが担当するプラチナ会員に三連敗の気の毒な男性がいるんです」

耳が痛い。百瀬は三十一連敗だった。十倍は気の毒だったのだと知って、ショックを受けた。

「気の毒な結果しか出せない会員は、だいたいわたしのところに回ってくるのですが」

なるほど、そういうわけで出会えたのか、と百瀬は納得する。

「彼にお見合いのレッスンをしていて気づいたんです。その男性は結婚に向いていると」

「どういう人が結婚向きなんですか？」

百瀬としてはひじょうに気になるところだ。

「恋愛体質ではなく、仕事熱心。忙しくて暇がない人ほど、結婚したあと、うまくいくんです。浮気する余裕はないし、喧嘩するほど家にいないし」

「なるほど」

「彼は公務員で、仕事命というか、ひじょうに不規則な生活をしているので、女性には家を守ってもらいたいと思っているんですよ。できたら子どももたくさん欲しくて、ペットもいるあたたかい家庭が欲しいんですって」

百瀬は「結構贅沢なこと言っているな」と思った。百瀬自身は自分でいいと言ってくれる人ならどなたでもと思っていたし、子どもとかペットとか、そんな具体的なことは「お相手の意向につつしんで従おう」という、奥ゆかしい気持ちであった。つまり、三連敗と三十一連敗はかくも意識が違うのである。

「でも今の時代、女性に家事や育児を押し付けるような、そういう結婚は望めないと彼も自覚していて、結婚をあきらめようとしていたんです。わたしはそういう男性と結婚したい女性もいるからと励ました。で、見つけたんですよ。年齢的にも釣り合う会員が十人もいました。収入が安定した男性に外で働いてもらって、家のことに専念したいという女性。社会進出の野心を持っていなくて、家事に一家言あり、男性には手を出してほしくないとすら思っているんですよ。その十人のプロフィールシートを彼に見せました。十人と見合いをしたら、ひとつくらい成立しますよと言ったんです。すると彼は言いました。見合いはもうしませんと」

「えっ、結婚をあきらめたんですか？　ひょっとして金が尽きたとか？」

百瀬の場合、三十一連敗が決まって退会を決意した。金が尽きたのだ。あの時の絶望は思い出しても身震いしてしまう。

「いいえ、運命の出会いがあったんですって」

「自力で結婚が決まったんですか？」

「いいえ、決まってないんです。運命の出会いがあったんだけど、まだ片思いで、その人との結婚を成就させるためにアドバイスをもらいたい、だから会員でい続けると言うのです」

「結婚相談所で相手を探すのではなく、自分で見つけた相手との結婚を手助けしてほしいということですか？」

「そうなんです！」

亜子は興奮気味に立ち上がり、頬を紅潮させて力んだ。

「うちは結婚相談所ですから！　今までそういうありかたを模索しなかったのがおかしいのです！　結婚の相談所なんですから！　お見合い斡旋《あっせん》所じゃないんですから！　わたしはひらめいた！　マッチングアプリにできないこと！　結婚相談所の真の存在意義を見つけました！」

「それは……そうです……ね」

百瀬は胸がどきどきし始めた。亜子のいさましい姿がまぶしくて、「このひとはなんて素敵なひとなのだろう！」と感動がこみ上げる。こんなに美しい人だったっけ。ウジェーヌ・ドラクロワの傑作名画『民衆を導く自由の女神』が頭に浮かぶ。いさましくも慈愛に満ちたたくましい女性の姿。

百瀬を思ってくれる優しい笑顔も素敵だけれど、信念に向かって燃えている姿は凛々しく、雄々しく、魅力的だ。こんな素晴らしい人とまるで夫婦みたいに、というか、夫婦同様にこうして暮らしていることが信じられない。うれし過ぎる。

「初恋の人と再会したんですって」

亜子の話は止まらない。

「小学生の時に、妖精みたいな少女がいたんですって。声が綺麗で、華奢で、ふわりふわり、まるで重力がないみたいに動くのですって。入学式で見かけて、いっぺんに好きになって、ずーっと思い続けていた。四年生でやっと同じクラスになれて、毎日学校へ行くのが楽しみで。彼女が教科書を音読する時間は、すばらしい声に、夢見心地だったんですって。でも、彼女の前に行くとあがってしまって、目も合わせられなかった。ある時、彼女が給食当番で、彼にシチューをよそってくれて、胸がドキドキして、つい、妖怪だって言っちゃったんですって」

「妖怪？」

「ヨウセイとヨウカイ、たった一字違いだけど、全然意味が違う。彼女、失神してしまって、それきり学校に来なくて、転校しちゃったんですって。彼女は手に障害があったから、それをからかわれたと思って傷ついたみたい。彼は、彼女の手のことは前から知っていたし、自分でもどうしてそんなひどいことを口走ったか、わからないんですって」

「なんでそんなひどいことを。男として許せません」

「わたしにはわかるの。好きすぎて、好きだという気持ちが相手に伝わるのが怖くて、必死で隠そうとして、おかしくなっちゃうのよ」

亜子は結婚相談所の会員だった百瀬と対峙《たいじ》していた頃の自分を思い出していた。

「彼、すごく反省して、いい人間になりたくて、人の役に立とうと、今の仕事を選んだんですって。このあたりは個人情報だから職業は言えないけど、公務員とだけ」

「そう……」

「で、つい最近、仕事中にその女性にばったり再会して」

「うん」

「やはりその女性のことが好きだと気付いた。そうしたらもう、子どものいる家庭とか、家を守ってほしいとかどうでもよくなって、その人と一緒にいたい、結婚したいと思ったんですって。ロマンチックでしょう？」

百瀬は亜子に見とれていて、途中から話がわからなくなってしまった。何がロマンチックなのだろう？　ホワイトデーは三十分も過ぎてしまった。とりあえず会話を続けなければと思い、「それで大福さんは何とアドバイスしたんですか？」と尋ねた。

亜子はうれしそうに話す。

「まず、過去の無礼を率直に謝ること。そして、正直に自分の気持ちを伝えること。結婚したいなら、初日からバーンとそれをぶつけること。気持ちを丸裸にして、武器もいっさい捨てて、立ち向かうの。ただし、相手をせかさない。根気よく相手の心が溶けるのを待つこと。そして深く相手を思うこと」

百瀬は人の交際などどうでもいいと思った。亜子の話が全然耳に入ってこない。

「彼と彼女が結ばれるために、わたし、がんばる。人が幸せになるのを見届けるのが好きなの。幸せの手助けができるこの仕事が大好きなの！」

百瀬は「わたしはあなたが大好きだ」と心の中でつぶやいた。亜子の手を握りしめたい。気持ちをバーンとぶつけたいと思った。手を伸ばそうとしたら、テヌーが先に亜子の胸に飛び込んだ。

「あら、テヌー！　まだ起きてたの？」

亜子はテヌーを抱きしめ、頬ずりをした。

百瀬の口から思わず「いいなあ」という言葉がこぼれた。亜子は驚いたような顔で百瀬を見た。ふたりは目と目を合わせ、照れながら微笑み合った。

亜子はテヌーを抱いたまま、百瀬の隣に移動した。


数日後のことだ。

値引きされたホワイトチョコを百瀬は自分の鞄の中から発見した。引越しのさなかの事務所で、「あげそこなった」とため息をつく。

七重がすみやかに取り上げた。

「まさか値引き品を愛妻に渡すつもりだったとか？　渡しそこねて正解です」

七重は「先生のためです」と言いながら、全部たいらげてしまった。

千住澄世はゴッホを抱いて窓から外を見ていた。

石造りの門の向こうには、ぬりかべのような男が立っている。

初めて訪れた時は、インターホンごしに「警察です。感謝状を持ってきました」と言った。「会えない」と応えると、自己紹介をして、過去の非礼を詫《わ》びた。そして感謝状の入った筒を門へ立てかけて置き、帰って行った。

感謝状は母の遺影に見せたあと、筒に入れてクローゼットにしまった。訪れる人のいない部屋に飾る意味はないし、刺繍の部屋に似合わない。

次に訪れた時、男は花束を抱えていた。

インターホンでいきなり「結婚してください」と言った。

「あなたが男性と話すことが苦痛だと知っています。自分のせいだということもわかっています。過去の過ちは許してもらえるまであやまり続けます。もう一度チャンスをください。もし会う約束をして、途中で気が変わったら、遠慮せずにすっぽかしてください。もし会ってくれて、あなたの気分が悪くなったら、ぼくはすぐに帰ります。ぼくの仕事は不規則な長時間労働で、もしおつきあいしてもらえたとしても、こちらが急に行けなくなる時もあります。結婚したとしても、定時に家に帰ることはできません。少ない時間しか一緒にいられないけど、そのぶん、ほかの男よりあなたの時間を奪いません。ごくたまにでも、一緒にきれいな景色を眺めたり、一緒にうまいものを食ったり、そんな時間がもてたら幸せです。どこか行きたいところはありませんか？　一緒に行かせてください。柔道五段。外敵からあなたを守る自信がありますす。あなたが好きです。あなたと人生を共有したいです。ぼくは待ちます。何年でも待ちます」

澄世は何も言わず、インターホンを切った。男は花束を置いて帰った。その花は今、部屋に飾ってある。二週間経ったが、水切りや水換えをしっかりやって、まだ元気に咲いている。不思議なことに、澄世が好きな花ばかりだ。やさしい色をした小さな花ばかりで、香りもやさしい。

今日はケーキの箱を抱えて、インターホンの前で考え込んでいる。

男は不器用そうで、そんなにたくさんの言葉は見つからないようだ。花束を持って来た日にがんばり過ぎたのだろう。

澄世は覚えていた。小学校で「力太郎」というあだ名がついていた。体がひときわ大きくて目立っていた。跳び箱を運んだり、マットを敷いたり、力仕事を率先してやっていた。気は優しくて力持ちな男の子だった。たったひとつの黒い記憶を除けば、彼は太陽みたいな存在だった。

澄世はあの小学校の思い出を長い間封印していたけれど、男が通ってくるようになって、さまざまな記憶が蘇った。初めての遠足や、苦手な運動会や、好きだった図書室や音楽室。校庭には鳥小屋があって、ニワトリが鳴いていた。転校先の女子校とは違った素朴な日常があった。砂っぽい校庭。泣いている子、笑っている子、喧嘩している子。縄跳びをしたり、雨の日はおはじきで遊んだりした。手の障害が不利益にならぬよう、家で母は指の訓練をしてくれたし、先生たちも見守ってくれていた。傷つくことはひとつじゃなかったが、楽しいこともひとつじゃなかった。嫌なだけの思い出ではけしてなかった。

門に立つ男は、やっとセリフが決まったのか、呼び鈴を押した。

澄世はふと、あの男に庭の花を見せたいと思った。ジャスミンとハナミズキが満開だ。ひとりで楽しむなんて花たちがかわいそうだ。

腕の中のゴッホにささやく。

「そろそろ入れてあげようか」

再び呼び鈴が鳴った。

澄世はインターホンを取らずに玄関へと向かう。

深呼吸をひとつして、幸せの扉を開けた。

本書は二〇二二年五月に小社より刊行されました。

|著者| 大山淳子　東京都出身。2006年、『三日月夜話』で城戸賞入選。'08年、『通夜女《つやめ》』で函館港イルミナシオン映画祭シナリオ大賞グランプリ。'11年、『猫弁～死体の身代金～』にて第三回TBS・講談社ドラマ原作大賞を受賞しデビュー、TBSでドラマ化もされた。著書に「あずかりやさん」シリーズ、『赤い靴』など。「猫弁」シリーズは多くの読者に愛され大ヒットを記録したものの、惜しまれつつ、'14年に第1部完結。'20年に『猫弁と星の王子』を刊行し、猫弁第2シーズンをスタート。

猫弁《ねこべん》と幽霊屋敷《ゆうれいやしき》

大山淳子《おおやまじゅんこ》

講談社文庫
定価はカバーに
表示してあります

2023年7月14日第1刷発行

KODANSHA

発行者――鈴木章一
発行所――株式会社　講談社
東京都文京区音羽2-12-21　〒112-8001
電話　出版（03）5395-3510
　　　販売（03）5395-5817
　　　業務（03）5395-3615

Printed in Japan

デザイン―菊地信義
本文データ制作―講談社デジタル製作
印刷―――株式会社KPSプロダクツ
製本―――株式会社国宝社

ISBN978-4-06-532480-6

講談社文庫刊行の辞

二十一世紀の到来を目睫に望みながら、われわれはいま、人類史上かつて例を見ない巨大な転換期をむかえようとしている。

　世界も、日本も、激動の予兆に対する期待とおののきを内に蔵して、未知の時代に歩み入ろうとしている。このときにあたり、創業の人野間清治の「ナショナル・エデュケイター」への志を現代に甦らせようと意図して、われわれはここに古今の文芸作品はいうまでもなく、ひろく人文・社会・自然の諸科学から東西の名著を網羅する、新しい綜合文庫の発刊を決意した。

　激動の転換期はまた断絶の時代である。われわれは戦後二十五年間の出版文化のありかたへの深い反省をこめて、この断絶の時代にあえて人間的な持続を求めようとする。いたずらに浮薄な商業主義のあだ花を追い求めることなく、長期にわたって良書に生命をあたえようとつとめるところにしか、今後の出版文化の真の繁栄はあり得ないと信じるからである。

　同時にわれわれはこの綜合文庫の刊行を通じて、人文・社会・自然の諸科学が、結局人間の学にほかならないことを立証しようと願っている。かつて知識とは、「汝自身を知る」ことにつきていた。現代社会の瑣末な情報の氾濫のなかから、力強い知識の源泉を掘り起し、技術文明のただなかに、生きた人間の姿を復活させること。それこそわれわれの切なる希求である。

　われわれは権威に盲従せず、俗流に媚びることなく、渾然一体となって日本の「草の根」をかたちづくる若く新しい世代の人々に、心をこめてこの新しい綜合文庫をおくり届けたい。それは知識の泉であるとともに感受性のふるさとであり、もっとも有機的に組織され、社会に開かれた万人のための大学をめざしている。大方の支援と協力を衷心より切望してやまない。

一九七一年七月

野間省一

講談社文庫 最新刊

東野圭吾　私が彼を殺した〈新装版〉
容疑者は3人。とある〝挑戦的な仕掛け〟でミステリーに新風を巻き起こした傑作が再び。

佐々木裕一　町くらべ〈公家武者 信平㈣〉
町の番付を記した瓦版が大人気！　江戸時代の「町くらべ」が、思わぬ争いに発展する――！

伊集院　静　ミチクサ先生㊤㊦
著者が共鳴し書きたかった夏目漱石。「ミチクサ」多き青春時代から濃密な人生をえがく。

小《こ》池《いけ》水音《みずね》　〈小説〉こんにちは、母さん
あなたは、ほんとうに母さんで、ときどき女の人だ。山田洋次監督最新作のノベライズ。

武田綾乃　愛されなくても別に
家族も友人も贅沢品《ぜいたく》。現代の孤独を暴くシスターフッドの傑作。吉川英治文学新人賞受賞作。

森　博嗣　馬鹿と嘘の弓〈Fool Lie Bow〉
持つ者と持たざる者。悪いのは、誰か？　ホームレスの青年が、人生に求めたものとは。

大山淳子　猫弁と幽霊屋敷
前代未聞のペットホテル立てこもり事件で事務所の猫が「獣質」に⁉　人気シリーズ最新刊！

講談社文芸文庫

大西巨人
春秋の花
大長篇『神聖喜劇』で知られる大西巨人が、暮らしのなかで出会い記憶にとどめた詩歌や散文の断章。博覧強記の作家が内なる抒情と批評眼を駆使し編んだ詞華集。
解説＝城戸朱理　年譜＝齋藤秀昭
おU4
978-4-06-532253-6

加藤典洋
小説の未来
川上弘美、大江健三郎、高橋源一郎、阿部和重、町田康、金井美恵子、吉本ばなな……現代文学の意義と新しさと面白さを読み解いた、本格的で斬新な文芸評論集。
解説＝竹田青嗣　年譜＝著者・編集部
かP7
978-4-06-531960-4

岡本さとる　雨　や　ど　り〈駕籠屋春秋　新三と太十〉
岡崎大五　食べるぞ！世界の地元メシ
荻上直子　川っぺりムコリッタ
海音寺潮五郎　新装版　江戸城大奥列伝
海音寺潮五郎　新装版　孫　子(上)(下)
海音寺潮五郎　新装版　赤穂義士
加賀乙彦　新装版　高山右近
加賀乙彦　ザビエルとその弟子
加賀乙彦　殉　教　者
加賀乙彦　わたしの芭蕉
柏葉幸子　ミラクル・ファミリー
勝目　梓　小　説　家
桂　米朝　米　朝　ば　な　し〈上方落語地図〉
笠井　潔　梟《ふくろう》の巨《おおい》なる黄昏《たそがれ》
笠井　潔　青銅の悲劇(上)(下)〈瀕死の王〉
笠井　潔　転　生　の　魔〈私立探偵飛鳥井の事件簿〉
川田弥一郎　白く長い廊下
神崎京介　女薫の旅　放心とろり
神崎京介　女薫の旅　耽溺《たんでき》まみれ

神崎京介　女薫の旅　秘に触れ
神崎京介　女薫の旅　禁の園へ
神崎京介　女薫の旅　欲の極み
神崎京介　女薫の旅　青い乱れ
神崎京介　女薫の旅　奥に裏に
神崎京介　Ｉ　ＬＯＶＥ
加納朋子　ガ　ラ　ス　の　麒　麟〈新装版〉
角田光代　まどろむ夜のＵＦＯ
角田光代　恋するように旅をして
角田光代　人生ベストテン
角田光代　ロ　ッ　ク　母
角田光代　彼女のこんだて帖
角田光代　ひそやかな花園
角田光代　石田衣良　ほか　こどものころにみた夢
川端裕人　せ　ち　や　ん〈星を聴く人〉
川端裕人　星と半月の海
片川優子　ジ　ョ　ナ　さ　ん
神山裕右　カ　タ　コ　ン　ベ
神山裕右　炎　の　放　浪　者

加賀まりこ　純情ババアになりました。
門田隆将　甲子園への遺言〈伝説の打撃コーチ高畠導宏の生涯〉
門田隆将　甲　子　園　の　奇　跡〈斎藤佑樹と早実百年物語〉
門田隆将　神　宮　の　奇　跡
鏑木　蓮　東　京　ダ　モ　イ
鏑木　蓮　屈　折　光
鏑木　蓮　時　限
鏑木　蓮　真　友
鏑木　蓮　甘　い　罠
鏑木　蓮　京都西陣シェアハウス〈憎まれ天使・有村志穂〉
鏑木　蓮　炎　罪
鏑木　蓮　疑　薬
川上未映子　そら頭はでかいです、世界がすこんと入ります
川上未映子　わたくし率　イン　歯ー、または世界
川上未映子　へ　ヴ　ン
川上未映子　すべて真夜中の恋人たち
川上未映子　愛　の　夢　と　か
川上弘美　ハヅキさんのこと
川上弘美　晴れたり曇ったり

講談社文庫　目録

川上弘美　大きな鳥にさらわれないよう
海堂　尊　新装版 ブラックペアン1988
海堂　尊　ブレイズメス1990
海堂　尊　スリジエセンター1991
海堂　尊　死因不明社会2018
海堂　尊　極北クレイマー2008
海堂　尊　極北ラプソディ2009
海堂　尊　黄金地球儀2013
門井慶喜　パラドックス実践　雄弁学園の教師たち
門井慶喜　銀河鉄道の父
梶　よう子　迷　子　石
梶　よう子　ふ　く　ろ　う
梶　よう子　ヨ　イ　豊《とよ》
梶　よう子　立身《りっしん》いたしたく候《そうろう》
梶　よう子　北斎まんだら
川瀬七緒　よろずのことに気をつけよ
川瀬七緒　法医昆虫学捜査官
川瀬七緒　シンクロニシティ〈法医昆虫学捜査官〉
川瀬七緒　水《みな》底《そこ》の棘《とげ》〈法医昆虫学捜査官〉
川瀬七緒　メビウスの守護者〈法医昆虫学捜査官〉
川瀬七緒　潮騒のアニマ〈法医昆虫学捜査官〉
川瀬七緒　紅のアンデッド〈法医昆虫学捜査官〉
川瀬七緒　スワロウテイルの消失点〈法医昆虫学捜査官〉
川瀬七緒　フォークロアの鍵
川瀬七緒　ヴィンテージガール〈仕立屋探偵　桐ヶ谷京介〉
風野真知雄　隠密　味見方同心(一)〈くじらの姿焼き騒動〉
風野真知雄　隠密　味見方同心(二)〈干し卵不思議味〉
風野真知雄　隠密　味見方同心(三)〈幸せの小福餅〉
風野真知雄　隠密　味見方同心(四)〈恐怖の流しそうめん〉
風野真知雄　隠密　味見方同心(五)〈フグの毒鍋〉
風野真知雄　隠密　味見方同心(六)〈鵺《ぬえ》の闇鍋〉
風野真知雄　隠密　味見方同心(七)〈絵巻寿司〉
風野真知雄　隠密　味見方同心(八)〈ふふふの麩〉
風野真知雄　隠密　味見方同心(九)〈殿さま漬け〉
風野真知雄　潜入　味見方同心(一)〈恋のぬるぬる膳〉
風野真知雄　潜入　味見方同心(二)〈陰膳だらけの宴《うたげ》〉
風野真知雄　潜入　味見方同心(三)〈五右衛門の鍋〉
風野真知雄　潜入　味見方同心(四)〈謎の伊賀忍者料理〉
風野真知雄　潜入　味見方同心(五)〈牛の活きづくり〉
風野真知雄　潜入　味見方同心(六)〈肉欲もりもり不精進《ふしょうじん》料理〉
風野真知雄　昭和探偵1
風野真知雄　昭和探偵2
風野真知雄　昭和探偵3
風野真知雄　昭和探偵4
風野真知雄／岡本さとる　ほか　五分後にホロリと江戸人情
カレー沢　薫　負ける技術
カレー沢　薫　もっと負ける技術〈カレー沢薫の日常と退廃〉
カレー沢　薫　非リア王
加藤千恵　この場所であなたの名前を呼んだ
神楽坂　淳　うちの旦那が甘ちゃんで
神楽坂　淳　うちの旦那が甘ちゃんで2
神楽坂　淳　うちの旦那が甘ちゃんで3
神楽坂　淳　うちの旦那が甘ちゃんで4
神楽坂　淳　うちの旦那が甘ちゃんで5
神楽坂　淳　うちの旦那が甘ちゃんで6
神楽坂　淳　うちの旦那が甘ちゃんで7
神楽坂　淳　うちの旦那が甘ちゃんで8

講談社文庫 目録

黒木 渚 檸檬の棘
久坂部 羊 祝 葬
黒澤いづみ 人間に向いてない
久賀理世 奇譚蒐集家 小泉八雲〈白衣の女〉
久賀理世 奇譚蒐集家 小泉八雲〈終わりなき夜に〉
雲居るい 破《は》蕾《らい》
鯨井あめ 晴れ、時々くらげを呼ぶ
鯨井あめ アイアムマイヒーロー！
窪 美澄 私は女になりたい
決戦！シリーズ 決戦！関ヶ原
決戦！シリーズ 決戦！大坂城
決戦！シリーズ 決戦！本能寺
決戦！シリーズ 決戦！川中島
決戦！シリーズ 決戦！桶狭間
決戦！シリーズ 決戦！関ヶ原2
決戦！シリーズ 決戦！新選組
決戦！シリーズ 決戦！賤ヶ岳
決戦！シリーズ 決戦！忠臣蔵
決戦！シリーズ 風 雲〈戦国アンソロジー〉

小峰 元 アルキメデスは手を汚さない
今野 敏 ST 警視庁科学特捜班 エピソード1〈新装版〉
今野 敏 ST 警視庁科学特捜班 毒物殺人〈新装版〉
今野 敏 ST 警視庁科学特捜班 黒いモスクワ
今野 敏 ST 警視庁科学特捜班〈青の調査ファイル〉
今野 敏 ST 警視庁科学特捜班〈赤の調査ファイル〉
今野 敏 ST 警視庁科学特捜班〈黄の調査ファイル〉
今野 敏 ST 警視庁科学特捜班〈緑の調査ファイル〉
今野 敏 ST 警視庁科学特捜班〈黒の調査ファイル〉
今野 敏 ST 為朝伝説殺人ファイル〈警視庁科学特捜班〉
今野 敏 ST 桃太郎伝説殺人ファイル〈警視庁科学特捜班〉
今野 敏 ST 沖ノ島伝説殺人ファイル〈警視庁科学特捜班〉
今野 敏 ST 化合 エピソード0〈警視庁科学特捜班〉
今野 敏 ST プロフェッション〈警視庁科学特捜班〉
今野 敏 特殊防諜班 諜報潜入
今野 敏 特殊防諜班 聖域炎上
今野 敏 特殊防諜班 最終特命
今野 敏 茶室殺人伝説
今野 敏 奏者水滸伝 白の暗殺教団

今野 敏 同 期
今野 敏 欠 落
今野 敏 変 幻
今野 敏 警視庁FC
今野 敏 カットバック 警視庁FCII
今野 敏 継続捜査ゼミ
今野 敏 エムエス〈継続捜査ゼミ2〉
今野 敏 蓬 萊〈新装版〉
今野 敏 イコン〈新装版〉
後藤正治 拗《す》ね者たらん〈本田靖春 人と作品〉
幸田 文 崩 れ
幸田 文 季節のかたみ
幸田 文 台所のおと〈新装版〉
小池真理子 冬の伽藍
小池真理子 夏の吐息
小池真理子 千日のマリア
五味太郎 大人問題
鴻上尚史 あなたの魅力を演出するちょっとしたヒント
鴻上尚史 鴻上尚史の俳優入門

講談社文庫　目録

2023年6月15日現在